Judy
PORTÉE DISPARUE

Traduit de l'anglais
par Marie Cambolieu

Titre original : *Missing Judy*

First published in the UK by Scholastic Ltd, 2002
a division of Transworld Publishers

Pour l'édition française :

300, rue Léon-Joulin, 31101 Toulouse Cedex 9, France
Loi 49-956 du 16 juillet 1949
sur les publications destinées à la jeunesse
ISBN : 978.2.7459.2625.8
www.editionsmilan.com

Judy
PORTÉE DISPARUE

ANNE CASSIDY

MACADAM
MILAN

Un

C'est le jour de l'émission que j'ai revu Judy. Son visage pâle et ses boucles tire-bouchonnées ont réapparu pour la première fois depuis plusieurs mois. Elle portait sa jupe à fleurs et le pull rose vif qu'elle avait supplié Maman de lui acheter. Une couleur qui détonnait dans le marron et le gris de la rue. Impossible de la perdre de vue…

Aussi, il y avait son ballon.

Je m'en souviens encore, huit ans après. Il était en forme de cœur, rose brillant. Gonflé à l'hélium, il rebondissait fièrement dans les airs, traînant sa ficelle derrière lui. Judy voulait absolument le tenir elle-même et m'avait furtivement jeté un regard de dédain. Moi, j'avais dépensé mon argent différemment. J'avais mangé des bonbons et lu des magazines. Il ne me restait rien. Judy, elle, avait toujours son ballon.

En sortant de la fac, j'ai remarqué une petite fille qui descendait du bus. J'ai fixé quelques instants son visage, puis elle s'est retournée ; la lumière de l'après-midi glissait le long de ses boucles. J'ai dû déglutir rapidement et m'agripper au muret d'un jardin. Mes yeux se sont accrochés à cette silhouette minuscule qui sauta sur le trottoir et s'éloigna. Elle portait une jupe, des baskets blanches, et j'aperçus sous son gilet zippé un morceau du pull rose. Je fis demi-tour et la suivis. Que faire d'autre ?

Elle marchait derrière une femme en traînant le pas, raclant le bitume du bout du pied. « Oh ! oh ! me dis-je ; à force de faire ça, elle va abîmer ses baskets. » Maman le lui avait assez répété. La petite fille rattrapa la femme et s'agrippa à son bras. Le ballon n'était pas vraiment en forme de cœur. Légèrement dégonflé, il ne flottait pas plus haut qu'elle. Je pressai le pas, essayant d'apercevoir son visage. Je voulais l'appeler, lui crier : « Judy, rentrons chez nous ! »

Elles s'engouffrèrent dans une maison, et la porte se referma brusquement. J'attendis : comment faire autrement ?

Et puis j'ai pensé à Pam, ma psychologue. Je l'aurais déçue, je sais. Elle avait espacé nos séances, et je n'y allais plus qu'une fois par mois. Elle parlait même d'arrêter complètement et de voir comment les choses évoluaient. J'avais une vie, après tout. J'étais à l'université depuis presque trois mois et je préparais mes examens de première année. J'avais aussi des amis, avec qui je sortais parfois le soir.

Mais ma sœur passait avant tout. Pourquoi est-ce que personne ne pouvait le comprendre ?

J'observais les voitures qui circulaient, en espérant que Pam ne serait pas à bord de l'une d'entre elles. Je ne voulais pas qu'elle, ni personne d'autre, me voit ; pas même Papa ni Maman. Puis je réalisai. Comment cette petite fille aurait-elle pu être Judy ? Même avec ce halo de boucles brunes et cette peau laiteuse. Même si, sous sa veste, elle portait un pull rose vif. Même, compris-je, désemparée, avec ce ballon presque en forme de cœur traînant derrière elle. Elle ne pouvait pas être *ma* Judy.

Ma sœur aurait treize ans aujourd'hui, pas cinq.

Elle serait grande, peut-être autant que moi. Ses cheveux seraient sans doute plus longs, avec des reflets auburn. Elle serait maquillée, sûrement trop. Elle porterait les derniers vêtements à la mode, qu'elle aurait persuadé mes parents de lui acheter.

Judy était douée pour cela. Obtenir ce qu'elle voulait de Papa et Maman. Facile, en étant si jolie, avec ses boucles sautillantes et sa peau pâle, si pâle.

Je n'étais pas jalouse d'elle, quoi que Pam en dise.

J'ai attendu devant la maison. Je suis restée debout sur le trottoir d'en face, bien après la tombée de la nuit. J'étais frigorifiée, c'est vrai. J'avais des fourmis dans les pieds et mes doigts étaient engourdis. Les lumières s'allumèrent dans les pavillons alentour et je vis une paire de rideaux s'agiter.

Judy avait disparu dans une rue comme celle-là, qui s'appelait Willow Drive. Une rue bordée de maisons et d'arbres. L'heure aussi, était presque la même. Une fin d'après-midi, lorsque tout le monde prend le thé. Nous aurions dû le prendre nous aussi. Nous n'aurions pas dû être dehors.

Mais Judy savait ce qu'elle voulait. Elle s'était éloignée, les épaules droites et la tête haute. Elle avait refusé de mettre son manteau, et son pull coloré se détachait dans l'obscurité. Quelques personnes s'étaient retournées sur cette petite fille avec son ballon étincelant ; sans veste par un après-midi si froid, cela devait surprendre. « Je m'en vais, avait-elle dit ; tu ne me commandes pas. »

Et j'avais regardé son pull rose s'éloigner dans la nuit, jusqu'à ce qu'elle soit avalée par les ténèbres. Je ne l'ai jamais revue.

Je croise souvent des enfants comme elle, des filles qui pourraient être ses doubles ; sur les balançoires dans le parc, faisant la queue au McDonald's, feuilletant des magazines dans les boutiques, achetant des glaces chez le marchand du coin de la rue.

Mais ce jour-là, le jour de l'émission, j'ai vraiment cru que c'était elle. À cause du ballon. Il n'était ni rose ni en forme de cœur, mais en voyant cette fillette, de dos, s'éloigner de moi, j'étais certaine, cette fois, d'avoir raison. Je n'ai pas tenu compte des conseils de Pam. Je n'ai pas sorti mon téléphone portable de ma poche ni composé son numéro. J'attendais debout, de l'autre côté de la rue, au cas où ce serait Judy. Même si, au fond, je savais que ce n'était pas elle.

D'un rose éclatant, gonflé à l'hélium, Judy tenait son ballon comme une torche dans la nuit noire. On l'avait retrouvé accroché dans un arbre. Il lui avait échappé et la ficelle s'était emmêlée dans les branches. Quelque chose avait dû le crever, car il était dégonflé et claquait au vent. Comme un cœur brisé.

C'était tout ce qu'il restait d'elle.

Une voiture de police s'arrêta devant moi. Pas de sirène, mais le gyrophare était allumé et une policière sortit. Elle me demanda d'abord sur un ton sévère ce que je fabriquais à rôder autour des maisons. Lorsque j'expliquai qui j'étais et pourquoi je me trouvais là, elle me regarda d'un air méfiant, pensant que je me payais sa tête. Elle échangea quelques mots avec son collègue. J'entendis des crépitements, puis ils passèrent un appel radio. Je détournai un instant le regard et vis quelques portes s'ouvrir sur des gens curieux de savoir qui se faisait arrêter. La porte d'en face, où la petite fille et sa mère s'étaient engouffrées, était grande ouverte et projetait la lumière orangée de l'entrée sur la pelouse. La fillette se tenait là. Je dus me rendre à l'évidence, dépitée : ce n'était pas ma sœur. Elle ne lui ressemblait en rien. Je baissai la tête et fermai les yeux très fort.

Les agents me ramenèrent chez moi. La policière reconnut immédiatement ma mère. Elles discutèrent pendant que mon père me conduisait vers le grand fauteuil, près du radiateur.

– Madame Hockney, je suis désolée. Je n'avais pas fait le rapprochement entre votre fille et…

– Il n'y a pas de mal, dit ma mère en agitant gracieusement la main.

Ma mère portait un pantalon chic et un chemisier. Elle était allée chez le coiffeur et elle était jolie, presque belle, pensai-je. Puis je me rappelai que plusieurs personnes devaient venir à la maison pour regarder l'émission. Les autres membres du comité de soutien.

– Je trouve que vous faites un travail formidable, lui dit la policière, et ma mère adopta son attitude professionnelle.

Mon père était toujours en pantoufles et m'observait d'un air inquiet. Je m'aperçus que je grelottais. Il quitta la pièce rapidement et revint quelques minutes plus tard avec une tasse de thé qui sentait l'alcool. Dans l'entrée, ma mère raccompagnait l'agent de police. Sa voix me paraissait lointaine; comme si elle se trouvait à des kilomètres: « Kim l'a très mal vécu. Elle ne s'est jamais vraiment remise. Elle est suivie par une psychologue et nous la soutenons de notre mieux. »

– Je sais ce qui a déclenché ça.

La voix de mon père me déconcentra. Il prit mes mains dans les siennes et les réchauffa.

– C'est l'émission de ce soir. C'est ça qui t'a perturbée.

Il parlait du documentaire, *Portés Disparus*. Il y serait question, entre autres, du cas de Judy.

– Peut-être, dis-je tout bas.

Je ramenai mes jambes sous moi et m'agrippai à la tasse brûlante. L'odeur puissante du cognac me fit grimacer. J'avalai une ou deux gorgées et m'enfonçai dans le fauteuil. En jetant un coup d'œil à la pièce, j'aperçus des fleurs dans des vases et, sur la table basse, des bouteilles d'eau gazeuse et des verres disposés bien en cercle sur un plateau. D'ici peu, les autres membres de l'association seraient là. Des gens voûtés, qui se glisseraient dans le salon et nous lanceraient des regards contrits, comme gênés de se trouver là.

Ma mère s'affairerait, prendrait les manteaux, préparerait du café, servirait de l'eau, proposerait biscuits ou sandwichs dont personne ne voudrait. Elle afficherait, mécaniquement, un semblant de sourire. Mon père, lui, ne ferait pas grand-chose. Il resterait assis sur sa chaise, avec ses pantoufles qui lui donnaient un air négligé et débraillé. Il se tordrait les doigts et, d'un geste nerveux, se frotterait la nuque.

Quelqu'un, l'un des autres parents d'enfants disparus, dirait peut-être : « Kim a bonne mine ! Mais qu'elle a grandi ! Elle devient une jeune fille ravissante ! » Ils me dévisageraient, et je rougirais sous leurs regards persistants.

Ce ne serait pas vraiment moi qu'ils regarderaient, mais le fantôme de ma sœur Judy. Treize printemps. Belle, pleine de vie avec ses jolies boucles brunes, sa peau de porcelaine, et toute la vie devant elle. Ils songeraient tous à la même chose.

« Si seulement Kim l'avait surveillée ce jour-là, il y a huit ans, elle serait toujours là. »

C'était cruel de penser cela. Mais je ne pouvais pas le nier, parce que c'était vrai.

Deux

Pam dit qu'il faut reprendre depuis le début. Le jour où ma sœur a disparu. C'était il y a huit ans, juste après les vacances, au moment où l'on recule les aiguilles des horloges et où les nuits s'assombrissent. J'avais neuf ans, et je surveillais Judy. Maman ne nous avait pas laissées seules. D'autres personnes étaient avec nous. On m'avait simplement demandé de rester avec ma sœur tout l'après-midi.

Maman aidait Papa à la boutique. Elle était très occupée à cette époque, entre le travail, les réunions et les courses. Toujours pressée, elle cherchait ses dossiers pour les fourrer dans son épaisse serviette en cuir et consultait sans cesse sa montre en criant « Déjà ? » comme si le compte à rebours d'une bombe venait de se déclencher.

Elle était assez forte. En surpoids, comme disent certains, mais ça ne lui posait pas de problème. Elle pratiquait le badminton et lorsqu'elle n'avait pas de rendez-vous, elle emmenait notre vieux chien Toby en promenade. Judy l'accompagnait presque toujours. En regardant par la fenêtre, je les voyais se dandiner sur la route, le chien traînant la patte au milieu, le visage de Judy tourné vers ma mère, en grande conversation.

J'étais heureuse d'être un peu seule. J'étais l'un de ces enfants qui se suffisent à eux-mêmes. J'aimais lire et écrire des histoires. Petite, j'ai passé de nombreuses heures à ranger ma chambre, à organiser mes étagères puis mes placards. Ma meilleure amie, Teresa Russell, ne vivait qu'à quelques rues de chez moi. Elle était la fille unique d'une mère au foyer. Sa maison était calme et bien en ordre. Ses vêtements étaient toujours repassés, pendus sur des cintres, et ses affaires étaient rangées dans des boîtes étiquetées avec des lettres rigolotes. J'aurais voulu lui ressembler.

M'occuper de ma sœur n'était pas mon activité favorite. D'abord, parce qu'elle parlait sans arrêt. Elle vous racontait absolument tout ce qui lui était arrivé durant la journée ; qui avait fait quoi à qui, ce qu'elle en pensait, ce qu'il aurait fallu faire, comment elle-même aurait réagi. La plupart du temps, je me contentais de hocher la tête et la laissais continuer.

Ensuite, elle posait des questions idiotes.

« Kim, si on construit des maisons partout, et qu'il n'y a plus de place sur terre, où est-ce que les gens vivront après ? »

« Il se passerait quoi s'il se mettait à pleuvoir sans s'arrêter ? »

« Où habitent les pigeons, Kim ? »

Je lui répondais n'importe quoi, juste pour qu'elle se taise. C'est ce qu'il fallait faire avec Judy. Si on l'encourageait seulement un peu, elle n'arrêtait plus de parler.

Mon père disait qu'elle avait de la conversation à revendre. Lorsqu'il la gardait à la boutique, elle s'asseyait sur le comptoir et posait des questions aux clients. Son institutrice la surnommait « Judy la Pipelette ». Elle était gentille, bavarde et avenante. C'est ce que Papa et Maman ont dit à la première conférence de presse : « Parlez-lui. Vous verrez, elle adore discuter. »

Le samedi après-midi, lorsque c'est arrivé, Maman voulait se rendre au centre commercial de Lakeside. Elle avait besoin d'un nouveau manteau, et Judy devait l'accompagner. Ma sœur était ravie et avait mis ses vêtements neufs : sa jupe, ses baskets blanches et son pull rose vif qu'on avait payé une fortune la semaine précédente. Elle paradait dans toute la maison et s'arrêtait devant chaque miroir.

Moi, je n'avais aucune envie d'aller à Lakeside. Maman devait me déposer chez Teresa et nous jouerions avec son kit de bijoux. Nous avions prévu de faire des colliers et des bracelets assortis. Puis sa mère nous laisserait préparer des tartes à la confiture. J'attendais cela avec impatience depuis la veille, à l'école, quand nous avions tout organisé.

Papa était à la boutique, comme d'habitude, et Toby était couché, l'oreille retroussée, dans un coin de l'entrée, au bas des marches.

Après le déjeuner, alors que nous étions sur le point de partir, Maman reçut un appel de Papa. Grace Peters, qui tenait la caisse à la boulangerie, était tombée dans les escaliers et s'était cassé la cheville. Il voulait que ma mère conduise Grace aux urgences pendant que lui resterait à la boutique. C'était un samedi après-midi, jour où les clients affluaient.

Maman était énervée. Elle rouspétait au téléphone.

– Je travaille toute la semaine. C'est trop demander d'avoir mon jour de repos ? On ne peut pas appeler une ambulance ? Personne d'autre ne peut l'emmener ?

En sortant de ma chambre, je l'entendis raccrocher violemment le combiné et pester. Quelques instants plus tard, sa voix la précéda dans les escaliers.

– Kim, il faut que tu emmènes Judy avec toi chez Teresa. Je suis sûre que ça n'embêtera pas sa maman.

Nous devions changer nos plans. Ce n'était la faute de personne et ça ne servait à rien de protester. La pauvre Grace Peters était mal en point. Maman irait à Lakeside le lendemain et ça ne dérangerait pas du tout la mère de Teresa. Elle aimait bien Judy.

Judy me sourit timidement. Elle avait autour du cou son collier et son pendentif en forme de J, qu'elle avait le droit de porter le week-end. Elle tira sur la chaîne et mit le J dans sa bouche. Ma mère la reprenait souvent à ce propos, mais Judy gardait son air effronté et polisson. Passer l'après-midi avec Teresa et moi, avec « les grandes », c'était une sacrée sortie. Pour moi, ça signifiait surtout de longues heures d'agacement.

Plus tard, je me suis rappelé ce moment après l'appel de Papa, lorsque tout était encore normal. Il nous fallut environ dix minutes pour nous préparer. Nous avons enfilé nos manteaux, Maman a éteint la lumière dans la cuisine puis a fermé la porte à clé. C'était la routine, les choses du quotidien. Arrivée devant la voiture, Judy a claironné sa question habituelle, « Je peux m'asseoir devant ? », alors que ce n'était même pas son tour. Aucune de nous ne savait que nous faisions cela pour la toute dernière fois. Ma mère était dans tous ses états et moi, j'étais exaspérée à l'idée que Judy reste tout l'après-midi avec nous. Seule Judy était joyeuse et fredonnait la chanson qui passait à la radio. Arrivées chez Teresa, nous sommes descendues de la voiture et avons fait un signe à Maman. Je tenais un billet de cinq livres à la main. Pour nous offrir quelque chose à chacune. Une sorte de consolation pour nos projets tombés à l'eau. En l'empochant, je me réjouis un peu.

Nous sommes sorties toutes les trois, vers six heures, pour dépenser les cinq livres. Teresa et moi avons acheté un magazine et des bonbons. Judy voulait le ballon en forme de cœur. Comme cela coûtait bien plus que sa part, nous avons hésité. Elle a fait tellement d'histoires pour l'avoir que j'ai fini par céder. Teresa s'est mise à bouder et est partie devant, en direction de sa maison, sans nous attendre.

Judy a pris la mouche et s'est éloignée. Je me suis retrouvée seule, tenant le manteau qu'elle n'avait pas voulu mettre. Je ne savais pas quoi faire. Quelques personnes, qui sortaient de leurs voitures, la regardèrent passer. À cinq ans, elle n'aurait pas dû être dans la rue à une heure pareille. Mais elle était tellement têtue !

« Tu ne me commandes pas », avait-elle dit. À vrai dire, je lui en voulais. J'ai attendu longtemps ; dix voitures avaient eu le temps de passer. Je m'étais retournée quelques fois, espérant que Teresa reviendrait, mais elle ne revint pas. J'allais et venais sur place, scrutant la nuit en essayant d'apercevoir ma sœur.

Sous la lumière du lampadaire, je voyais la buée s'échapper de ma bouche. J'eus soudain très froid. Je ne portais pas de montre et n'avais aucune idée de l'heure. Je décidai de suivre la direction qu'avait prise Judy. Je pensais qu'elle voulait jouer, qu'elle se cachait, et je m'attendais plus ou moins à la voir surgir pour me faire peur. Je m'y préparais tout en arpentant la rue sombre, guettant le moindre signe.

Arrivée au bout de Willow Drive, j'ai regardé à droite, puis à gauche. Rien que les ténèbres béantes. Pas de Judy, pas de rose, pas de ballon. Une sensation terrible me saisit au ventre, et c'est la tête baissée que je repartis en sens inverse vers la maison de Teresa. Pendant tout le trajet, je me répétai : « Elle sera chez Teresa quand je vais rentrer. Maman viendra nous chercher. C'est pour moi qu'elles s'inquiéteront, et pas pour Judy, parce qu'elle sera là, avec son ballon ridicule à la main, toute tremblante, à attendre que je lui rende son manteau. »

La voiture de ma mère était garée devant la maison et quelqu'un se tenait derrière le rideau. En me voyant, ma mère sortit, me regarda en souriant, puis chercha ma sœur des yeux, qui ne rencontrèrent que du vide.

– Où est Judy ?

Derrière elle, j'aperçus Teresa et sa maman, mais pas Judy.

– Où est-elle ? répéta ma mère d'une voix calme, comme si elle s'attendait à une réponse logique.

– Je ne sais pas, répondis-je.

Les mots se coinçaient dans ma gorge.

– Il ne faut pas s'inquiéter, dit la mère de Teresa. Elles se sont disputées, elle va sans doute revenir d'une minute à l'autre.

Ma mère sortit ses clés de voiture de sa poche. Elle les agita nerveusement et sembla réfléchir rapidement. Puis elle me prit par les épaules et me poussa vers Teresa et sa maman.

– Je vais tourner avec la voiture. Je vais la ramener. Ça ne sera pas long.

Je vis la voiture s'éloigner, les phares éclairant la pelouse d'en face pendant quelques secondes. Puis elle disparut. J'entendis la mère de Teresa murmurer quelque chose à sa fille, puis elle s'approcha de moi, sa main sur mon épaule.

– Elle va la retrouver. Notre petite miss Pipelette sera de retour d'une minute à l'autre.

Comme je l'ai souhaité. L'entendre parler de nouveau… Mais c'est le silence qui la remplaça.

Trois

Il n'y avait plus un siège de libre dans le salon lorsque l'émission débuta. J'étais toujours dans le fauteuil, près du radiateur, et mon père était assis par terre devant moi. Maman et deux de ses amies du groupe de soutien occupaient le canapé. Les autres étaient installés sur des chaises disposées tout autour. Il y avait aussi Tante Rosie, avec ses aiguilles à tricoter qui cliquetaient en rythme, et Oncle Jeff à côté d'elle.

Tout le monde discutait normalement. Les gens s'étaient salués, puis s'étaient demandé ce qu'ils devenaient depuis la dernière réunion. Même sans les regarder, je les entendais distinctement.

– Tu as pris un peu de poids, ma chérie, et ça te va à ravir.

– J'ai lu cette interview avec ton mari dans le journal, c'était très mesuré. Pas du tout larmoyant.

– Nous avons passé l'été en Australie, avec mon frère et sa femme. Ça nous a fait du bien de partir un peu…

On se serait cru à un mariage ou à un baptême. Les gens prenaient des nouvelles les uns des autres. Personne ne parlait de la raison de leur présence ici : les enfants disparus. Assis dans mon salon, les mains crispées sur leurs chaises, leurs maigres sourires dissimulaient mal leurs expressions dévastées et le bourdonnement de leurs conversations couvrait à peine la terrible absence des voix enfantines.

Au milieu de tout cela, j'entendis ma tante Rosie.

– La pépinière marche vraiment bien. Cet été, on a réalisé notre meilleur chiffre. Ces jarres grecques se sont bien vendues. Les paniers suspendus aussi. Nous avons eu beaucoup de travail.

Oncle Jeff acquiesça d'un signe de tête et prit le verre de whisky posé à côté de lui. Il y eut un instant d'hésitation, puis quelques personnes se joignirent à la discussion, visiblement soulagées de changer de sujet. En regardant mon oncle et ma tante, je me demandais s'ils se sentaient mal à l'aise. De tous, ils étaient les seuls à qui on n'avait pas enlevé un enfant.

Lorsque le programme débuta, tout le monde se tut, comme si une lourde porte venait de se refermer. Le silence était pesant, et je savais que tous les yeux se plongeaient dans l'écran. L'épaule de mon père se crispa contre ma jambe. Je pouvais presque voir ses muscles se contracter.

Le générique montrait, sur un fond sonore agressif, des images d'enfants qui jouaient. D'abord un square, avec des garçons et des filles sur des balançoires, ou sur des toboggans ; puis une rue, avec des gamins à vélo ou en skate-board ; et enfin la cour d'une école, où quelques fillettes jouaient à la marelle. Ils semblaient tous très jeunes – je leur donnais moins de dix ans – et ils riaient, criaient, se prenaient dans les bras les uns les autres; certains mâchaient du chewing-gum, mangeaient du chocolat ou buvaient à la bouteille. Puis, un par un, les plans se figèrent et le mot « DISPARU » apparut chaque fois, comme tamponné sur l'écran. Un imperceptible frisson parcourut les personnes présentes. Tout le monde était tendu, le visage crispé par la concentration. Tante Rosie s'était arrêtée de tricoter et ses aiguilles restèrent en l'air pendant quelques instants. Seule ma mère semblait sereine. Le dos droit, elle paraissait grandie. Peut-être parce que les autres s'enfonçaient dans les coussins, leurs assiettes de biscuits posées en équilibre sur le bras du canapé.

Puis l'émission commença. L'animateur donna d'abord quelques statistiques et présenta les quatre enfants dont il serait question ce soir. Judy passerait en second. En voyant sa photo, j'oubliai tout autour de moi, absorbée par la télévision, incapable de détourner les yeux de l'écran.

« Judy Hockney n'avait que cinq ans lorsqu'elle a disparu par un froid après-midi de novembre, il y a huit ans. C'était une enfant douée, bavarde, chaleureuse. Peu avant sa disparition, elle se trouvait avec sa sœur Kim. »

Une boule familière pesait sur mon ventre. Mon père leva la tête et me sourit.

« Après une dispute avec sa sœur, elle est partie seule de son côté et plus personne ne l'a revue. Sa mère, Maureen Hockney, l'a cherchée dans les rues pendant une quinzaine de minutes. Elle a ensuite appelé la police.

Les policiers, aidés de quelques voisins, ont effectué des recherches dans toutes les maisons alentour et dès l'aube, le lendemain matin, la rivière la plus proche fut draguée par les plongeurs. Aucune trace de Judy. »

Ils montrèrent un extrait de la première conférence de presse donnée par mon père et ma mère. Maman était plus ronde à l'époque, et c'est elle qui parlait presque tout le temps. Mon père acquiesçait de temps à autre, sans mot dire.

« Notre Judy est une petite fille très avenante. Parlez-lui. Vous verrez, elle adore discuter. »

Ma mère regardait la caméra, ses yeux luttaient pour fixer quelque chose, comme si elle pouvait voir à travers, jusque dans les salons des téléspectateurs. Elle semblait s'adresser à quelqu'un en particulier.

« C'est une enfant adorable et nous vous demandons de la ramener à sa famille. Vous pouvez le faire. Vous pouvez la déposer devant un hôpital ou un centre commercial. Personne n'en saura jamais rien. »

Pendant tout ce temps, des flashes crépitaient, prenant les photos qui feraient la une des journaux.

« Je vous en prie, rendez-la-nous », dit enfin ma mère. Puis elle se tourna vers mon père, cherchant un soutien. Mais il baissa seulement la tête, et l'un des policiers leva la main pour signifier la fin de la conférence de presse.

Je n'ai rien suivi de tout cela à l'époque. Après que Maman est partie chercher Judy avec la voiture, j'ai attendu chez Teresa. Mme Russell essayait de nous rassurer en cherchant des explications.

– Elle est sans doute chez le marchand de bonbons. Elle aura rencontré l'une de ses amies. Elle est rentrée à la maison en boudant. Elle reviendra à la boulangerie.

Nous avons quand même fait les tartes à la confiture, je me le rappelle. La mère de Teresa avait débarrassé la table et nous avait donné la moitié de la pâte à chacune. Nous l'avons saupoudrée de farine pour qu'elle ne colle pas au rouleau. Il fallait beurrer les moules et étaler la confiture à la cuillère sur chaque tarte.

La cuisine était joyeuse et douce. La mère de Teresa avait allumé la radio et n'arrêtait pas de parler. L'odeur de la pâte qui cuisait emplit peu à peu la pièce. Nous avons sorti des assiettes pour y déposer les tartes. Tout semblait normal, comme si rien de terrible ne pouvait arriver. Lorsque le téléphone sonna, elle me regarda en levant les sourcils, comme pour dire : « Voyons donc où se cachait notre miss Pipelette ! »

Teresa et moi nous sommes adossées à la rampe. D'abord gaie, sa voix se fit plus grave, et ses mots plus rares. Elle raccrocha, puis resta quelques instants silencieuse, ne sachant que dire. Teresa se tenait très près d'elle, comme pour signifier qu'elle lui appartenait. Je les regardais, et un horrible pressentiment montait dans mon ventre. Dans l'air planait une faible odeur de brûlé.

– Les tartes ! s'exclama-t-elle en courant vers la cuisine.

Elles n'étaient pas brûlées. Juste bien croustillantes. Personne n'en voulut. Elles restèrent dans les assiettes, intactes.

– La pauvre Judy a dû se perdre, dit la mère de Teresa. Ton père et ta mère sont allés au commissariat. La police va les aider à la retrouver !

Elle me prit la main.

– Ta maman veut que tu dormes ici cette nuit. Et dans un petit moment, une dame de la police viendra te parler de Judy.

J'ai dû me raidir, parce qu'elle s'est accroupie à côté de moi et m'a caressé le bras.

– Tout ira bien. La dame de la police veut juste te demander ce qui s'est passé. Elle veut que tu lui montres l'endroit où tu as vu Judy pour la dernière fois.

Je fis un signe de tête. Lorsque la policière arriva, mon père l'accompagnait. Il me serra dans ses bras et avait l'air détendu. Il m'assura que tout allait bien se passer. Je les ai amenés sur Willow Drive, à l'endroit précis où Judy s'était enfuie. Je leur ai montré la direction qu'elle avait prise, puis j'ai expliqué que je l'avais suivie jusqu'au coin de la rue où j'avais regardé à droite puis à gauche. Ils n'arrêtaient pas de me répéter : « Bien, bien, très bien. » J'avais l'impression de passer un examen. Je demandais sans arrêt où était Maman, et Papa répondait qu'elle était allée s'allonger un peu, ce qui, sur l'instant, m'avait paru bizarre.

Il m'a serrée fort dans ses bras et m'a dit d'être bien sage pendant qu'ils allaient chercher Judy.

J'ai essayé d'être sage. Je suis restée assise à côté de Teresa en regardant une cassette. Sa mère allait et venait en nous apportant des boissons, des bonbons, et nous demandait si on n'avait pas froid. Plus tard, j'ai appris que son père avait participé aux recherches. Je ne l'ai jamais vu rentrer, cependant, car nous étions déjà couchées dans le grand lit. Sa mère nous avait dit de laisser la lumière allumée, si on voulait. Il était plus de minuit, mais elle nous a quand même permis d'écouter un des livres enregistrés de Teresa.

Teresa, ma meilleure amie, restait silencieuse. Son regard semblait chercher dans toutes les directions. Sa mère s'occupait beaucoup de moi, et je remarquai qu'une ou deux fois, Teresa avait sucé machinalement son pouce. Aucune de nous deux ne parla de Judy de toute la soirée. Nous faisions comme si rien n'était arrivé.

Puis, alors que nous étions couchées, submergées par la fatigue, les paupières lourdes, elle me secoua doucement et dit :

– Tu crois que Judy est morte ?

Je ne bougeais plus et respirais à peine. Je la fixai jusqu'à ce que mes yeux se troublent. Je sentis mon visage me brûler et ma gorge se comprimer sous le chagrin. Je tendis les bras vers elle, mais Teresa éteignit brusquement la lumière et je restai allongée dans le noir, à regarder le néant.

Mon père vint me chercher le lendemain matin, et je n'ai plus revu Teresa Russell pendant des mois.

L'émission touchait à sa fin. Papa s'était levé pour aller mettre la bouilloire à chauffer dans la cuisine. Il y eut quelques mouvements et certains firent des commentaires.

– Ça va être le moment le plus important, maintenant, annonça ma mère.

Je fixai à nouveau l'écran. Je me demandais pourquoi l'équipe de production avait choisi de parler de ma sœur.

L'enquête de la police était très poussée. Il en avait déjà été question dans *Études criminelles* et dans d'autres émissions télé du même genre. Quelques articles avaient paru régulièrement dans des journaux locaux: «Disparition de Judy – un an déjà»; «Disparue depuis trois ans»; «Cinq ans et toujours aucun indice».

Ma mère se tenait raide comme un piquet, les jambes croisées. Mon père était revenu dans la pièce et s'appuyait contre le montant de la porte. La tension était palpable. Ma tante avait posé ses aiguilles et pris la main de mon oncle. À l'écran, quelques invités parlaient de technologies informatiques, utiles pour la recherche de personnes disparues. Je tournai la tête pour voir ce qui allait se passer. Le présentateur se tenait près d'un immense écran d'ordinateur et interrogeait un petit homme aux cheveux crépus. Celui-ci portait des lunettes sans monture qu'il ajustait nerveusement, en fronçant les sourcils, incapable de savoir s'il devait regarder la caméra ou l'animateur. Finalement, il alluma l'écran, puis le montra du doigt.

– Donc, vous dites, insista le présentateur, qu'il est réellement possible de voir à quoi ressembleraient ces enfants s'ils étaient en vie aujourd'hui?

– En théorie, répondit l'homme à lunettes. Nous travaillons sur les dernières photos de l'enfant disparu. Nous prenons en compte les caractéristiques physiques de ses parents et le nombre d'années écoulées depuis sa disparition. L'ordinateur crée une image qui pourrait correspondre à l'individu ayant atteint l'âge adulte: Judy Hockney en est un très bon exemple. Elle avait cinq ans lorsqu'elle a disparu. Rien ne prouve qu'elle soit morte. Si elle est vivante aujourd'hui, selon l'ordinateur, elle ressemblerait à cela.

Les deux hommes s'éloignèrent de l'écran et l'image apparut. Celle d'une adolescente qui nous regardait. Ma mère laissa échapper un petit cri.

C'était comme une photo. Les yeux de Judy, mais sur un autre visage ; un visage adulte. La peau lisse, elle souriait, comme sur toutes les photos que nous avions d'elle. Les espaces laissés par ses dents de lait étaient comblés. Ses traits s'étaient allongés, c'était certain, ses joues rebondies avaient laissé place à des pommettes d'adolescente. Ses cheveux, plus ondulés que frisés, tombaient le long de son visage. Ils étaient châtains, tirant peut-être sur le roux.

C'était ma sœur. Je ne l'avais pas revue depuis huit ans, et voilà qu'elle se trouvait dans mon salon, me regardant fixement.

Quatre

Après le départ des autres, nous avons à nouveau regardé tous les trois l'enregistrement de l'émission, en passant les cas des autres enfants, et nous sommes concentrés sur celui de Judy. Ma mère et moi étions assises sur le canapé. Elle tenait un carnet avec un stylo. Mon père occupait le fauteuil près du radiateur. Il avait toujours le torchon de la vaisselle à la main.

Cette fois, j'écoutais plus attentivement le présentateur. Il parlait des principales pistes suivies par les enquêteurs : « La police a fouillé chacune des maisons proches de la rue où Judy a disparu. Les policiers ont visionné les enregistrements des caméras de surveillance des rues principales et du rond-point le plus proche. Ils ont publié un descriptif de la fillette et de ses vêtements. Une reconstitution de ses derniers mouvements a été organisée. »

Le présentateur prenait un ton dramatique. Il amplifiait certains mots, en atténuait d'autres, marquant quelques pauses afin de faire monter la tension. «… de ses DERNIERS mouvements… a été… organisée ». Il murmura presque la fin de la phrase. Ils montrèrent ensuite quelques vêtements identiques à ceux que ma sœur portait. La jupe à fleurs, les baskets et la polaire rose. Maman prenait un maximum de notes, comme si elle ne connaissait pas déjà par cœur tous ces détails. Mon père avait plié son torchon bien en quatre et en triturait les coins.

« La camionnette rouge, dit le présentateur d'un ton incisif, comme pour montrer qu'il ne plaisantait pas, fut l'indice capital de l'enquête… »

La camionnette rouge ! Je l'avais presque oubliée. J'en eus le souffle coupé. Une photo de camionnette apparut à l'écran. Je regardai ma mère, elle s'était arrêtée d'écrire. On entendait le présentateur en voix *off* : « Ce n'est qu'une semaine après la disparition de Judy qu'on reçut le signalement d'une camionnette rouge. Un témoin oculaire a affirmé l'avoir aperçue sur les lieux. Selon ce même témoin, les lettres X et P figuraient sur la plaque d'immatriculation. Une recherche nationale fut lancée, grâce aux technologies informatiques les plus récentes de la police. »

On voyait des policiers assis devant des ordinateurs. Sans m'en rendre compte, j'avais labouré l'intérieur de mon bras. Il s'agissait d'une réaction nerveuse face à l'anxiété, je le savais, Pam me l'avait expliqué.

– Prends de grandes inspirations, dirait-elle. Compte de vingt à zéro. Ne t'arrête pas avant d'avoir fini.

Je n'avais pas le temps, car ils allaient bientôt montrer la photo de Judy. Maman posa son carnet et son stylo et se pencha en avant.

L'image de synthèse de ma sœur nous fixait de nouveau, à travers l'écran. Elle était jolie, agréable à regarder.

Elle souriait timidement et semblait s'amuser de quelque chose. Ses cheveux ondulaient librement le long de son visage. L'expert en informatique expliqua qu'ils pourraient être plus courts, ou plus longs, ou encore d'une couleur différente.

Il parlait de Judy comme si elle était toujours vivante. J'éprouvai cette sensation étrange, comme un battement d'ailes dans ma poitrine. J'avais tourné et retourné cette idée dans ma tête. J'étais certaine que mes parents y pensaient aussi. Nous n'en discutions jamais, et n'abordions même pas le sujet. Le corps de Judy n'avait pas été retrouvé, et nous gardions tous l'espoir qu'elle soit saine et sauve, quelque part. Il n'y avait eu aucune découverte macabre ces huit dernières années : aucun corps sans vie repêché dans une rivière, aucun animal n'avait rouvert de tombe creusée à la hâte. Judy s'était tout simplement volatilisée. Elle n'était plus avec nous, c'est vrai, mais nous n'avions aucune preuve de sa mort.

Maman brisa le silence, d'une voix ferme.

– Elle serait grande, j'en suis certaine. Et athlétique. Je parie qu'elle aurait adoré le sport.

Papa et moi l'avons regardée, surpris. Elle toussota, puis baissa la tête. Elle parlait rarement de Judy, à présent. Elle en parlait bien à l'association, comme d'un cas d'étude ou d'un exemple pour les nouveaux membres. Ou à la presse, s'ils lui demandaient son avis sur une future législation ou un développement dans les procédures policières. Mais elle ne parlait plus de Judy comme d'une personne. Depuis combien de temps ? Deux ans ? Trois ? Peut-être cinq ?

Mon père se leva. Il posa le torchon sur le fauteuil et s'approcha du canapé. Il s'agenouilla devant Maman et prit son carnet. Il passa son bras autour de mes épaules, je lui donnai la main. Puis il enfouit son visage dans la poitrine de Maman. Je fermai les yeux pendant quelques minutes. J'avais l'impression d'être dans une église, au beau milieu d'une prière. Puis, en entendant les sanglots de ma mère, ces petits hoquets qu'elle ne pouvait réprimer, je me levai et quittai la pièce en les laissant seuls.

Je montai dans ma chambre en traînant les pieds. Je sortis mes affaires du sac ; les feuilles et les livres que j'avais trimballés avec moi en suivant la fillette jusque chez elle. C'est là que je compris toute la stupidité de mon geste. J'étais encore assez lucide pour savoir que cette enfant n'était pas Judy, et pourtant je m'étais laissé entraîner, tirée par un fil invisible. J'avais dû leur paraître idiote, peut-être même cinglée.

En plus, ça n'était pas la première fois. N'était-ce pas à cause de cela que Pam était entrée dans ma vie ? Pour m'aider à en finir ? Pour m'empêcher de devenir une calamité publique ?

Je sortis mon téléphone portable et vis une petite enveloppe sur l'écran. Je pressai un bouton pour afficher le message et le regrettai aussitôt. Il venait de Teresa Russell. « Vu l'émission. Pauvre Judy. Je pense beaucoup à elle. Bisous. Tessa. »

J'effaçai le SMS sans y répondre.

Un peu plus tard, alors que j'allais me coucher, de lointains souvenirs, des choses auxquelles je n'avais pas pensé depuis très longtemps, me revinrent à l'esprit. « Laisse le passé filer goutte à goutte. N'essaie pas de le combattre », m'avait dit Pam. Je savais que c'était à cause de l'émission. Comme une pierre lancée dans la mare, elle avait tout remué. Dans ma tête, images et sensations refirent surface. Je m'allongeai et les laissai flotter.

Les premiers jours suivant la disparition de Judy, nous avons passé le plus clair de notre temps assis dans le salon, à ingurgiter sandwichs et tasses de thé préparés par deux policiers en civil, un homme et une femme, Rob et Beth. Ils avaient tous les deux l'« habitude » de ce genre de situation. Lorsqu'ils ne nous nourrissaient pas, ils faisaient du rangement, répondaient au téléphone, allaient ouvrir quand on sonnait et promenaient le chien. Au moindre signe d'angoisse, ils nous prenaient la main ou dans leurs bras, et nous réconfortaient ; une fois ou deux, ils ont pleuré avec nous. Et le reste du temps, ils nous parlaient à voix basse : de la maison, de la rue, de la boutique de Papa, du travail de Maman, de mon école et – si on le voulait – de Judy.

Mon père et ma mère ont donné plusieurs conférences de presse, mais moi, je n'ai jamais quitté la maison. J'ai passé de longues heures avec Toby, à m'occuper de lui, à essayer de le faire jouer. Après avoir dit aux policiers en uniforme tout ce que je savais, ils m'ont laissée quelques jours tranquille. Comme on ne retrouvait pas Judy, ils sont revenus. Mes parents chuchotaient avec Beth et Rob en me lançant des regards en coin. Puis ils repartaient, et la porte se refermait sans bruit derrière eux. Beth m'emmenait alors dans une autre pièce et bavardait tranquillement avec moi, reprenant le détail de tout ce qui s'était passé. Encore et toujours. « Tu es certaine que ça ne t'ennuie pas d'en parler ? » insistait-elle. Parfois, Rob était là aussi. Ils me montraient des photos de Willow Drive. Certaines avaient été prises en plein jour, d'autres la nuit. Beth énumérait chaque élément de la photo, et nous en discutions. « Rien qu'une discussion, disait-elle. On ne sait jamais, tu pourrais te rappeler de quelque chose. » Elle pointait du doigt chaque maison. « Est-ce que je savais qui vivait là ? Est-ce que quelqu'un est sorti ou entré pendant que j'attendais Judy ? » Je ne pus rien leur apprendre de plus. Ils étaient si gentils que je m'en voulais de les décevoir.

Le troisième jour, avec ma mère assise à côté de moi, j'ai regardé des photos d'identité. « Des hommes qui s'étaient déjà intéressés aux enfants. » Je n'étais pas sûre de comprendre ce que cela signifiait, mais je les examinai tout de même avec attention. Ils étaient tous assez âgés, la peau grasse, le regard éteint. Certains étaient chauves, d'autres avaient les cheveux gris, un ou deux portaient des lunettes. Avais-je aperçu l'un d'entre eux rôder quelque part ? Même quelques jours avant ? Dans la boutique où nous avions dépensé notre argent ?

Je répondais systématiquement non. Beth et Rob me souriaient gaiement. Maman me serra dans ses bras et, à son tour, regarda les photos d'un œil farouche.

Puis nous avons étudié des photos de voitures, de camions et de fourgonnettes. Est-ce qu'un véhicule me disait quelque chose ? Est-ce que l'un d'entre eux était passé à vive allure le soir où Judy avait disparu ? Peut-être quelques instants après ? Je secouai la tête et vis leur expression déconfite.

Je les décevais tous.

Alors, je leur ai parlé de la camionnette rouge.

Pendant la reconstitution, exactement une semaine après la disparition. Papa et Maman étaient restés à la maison, mais Beth m'emmena en voiture pour suivre les opérations. « Au cas où cela me rafraîchirait la mémoire », avait-elle dit, pleine d'espoir. Deux fillettes, les filles d'un policier, rejouaient la scène. L'une était plus grande, comme moi – même si elle ne me ressemblait pas du tout ; l'autre avait cinq ans, portait les mêmes habits que Judy et tenait le même ballon en forme de cœur. Elles se trouvaient dans la rue sombre, exactement à l'heure où Judy et moi y étions. La rue était pleine de photographes et de quelques badauds. La police semblait satisfaite. Beth m'expliqua pourquoi.

– Nous espérons toucher des gens qui ne passent dans cette rue qu'occasionnellement. Ils ont peut-être entendu parler de Judy à la télé, mais ils ne font pas le rapprochement entre la scène de la disparition et un endroit où ils passent régulièrement. Pareil pour les automobilistes. Des agents arrêtent les gens qui passent par là en voiture. Ils leur montrent la petite fille et leur demandent s'ils se rappellent quelque chose. Tu serais étonnée de voir le nombre d'informations sérieuses qu'on a récoltées dans des cas similaires.

– Est-ce qu'on pourrait suivre à pied la foule ?

– Non, je ne veux pas que la presse te photographie. On peut rouler jusqu'à la prochaine intersection, si tu veux.

Nous avons fait un détour et nous sommes arrêtées au bout de Willow Drive. La fillette venait vers nous, suivie par la police et les photographes. Son sourire me glaça. Je regardai à droite, puis à gauche dans la rue où nous étions garées. Des agents filtraient les voitures et les passants. Très agités, ils notaient noms et adresses. Je le savais parce que Beth me l'avait expliqué. L'excitation semblait monter dans l'air, comme si quelque chose était sur le point de se produire. Beth tapotait le volant du bout des doigts, elle respirait à peine.

– Quelqu'un se souviendra de quelque chose, murmura-t-elle en posant sa main sur la mienne. Tu verras, on aura quelque chose.

Elle était si sympathique, si gentille. Elle s'était démenée toute la semaine pour s'occuper de nous. Elle et Rob avaient tout fait, alors que mes parents ne quittaient le canapé que pour aller se coucher. Elle avait même nettoyé les yeux de Toby et était restée près de moi les nuits où je ne trouvais pas le sommeil. Elle voulait à tout prix nous aider, trouver un indice. Et moi, je souhaitais tellement lui faire plaisir. Alors, je lui ai parlé de la camionnette rouge.

– Je suis sûre de l'avoir vue passer, lui expliquai-je, quand j'ai suivi Judy et que j'ai regardé de ce côté.

Je désignai l'autre bout de la rue, à quelques mètres de l'endroit où je m'étais trouvée, cherchant désespérément Judy de tous les côtés. Beth me regarda, émerveillée.

– Je m'en souviens, parce qu'elle n'a pas freiné avant la bosse. Elle a presque décollé de la route.

– Vraiment ? demanda Beth en attrapant la radio.

Il y eut d'autres policiers, et d'autres questions. Je n'eus aucun mal à répondre. Cette fois-ci, j'avais quelque chose à dire. Est-ce que la camionnette était vieille ? Neuve ? Ni l'un ni l'autre, pensai-je, fermant les yeux pour me la représenter. Sale plutôt, elle aurait eu besoin qu'on la nettoie. Est-ce que je connaissais le modèle ? Non, évidemment. Comment une enfant de neuf ans pourrait-elle identifier le modèle ? Non, je ne le connaissais pas, mais je me souvenais de certaines lettres sur la plaque d'immatriculation. X et P.

– C'est tout, leur dis-je. Je ne me rappelais rien d'autre.

– Brave petite ! Magnifique ! Bravo !

Ils étaient tous si contents. Les mouvements faisaient bourdonner les rues, les policiers se concertaient, les journalistes prenaient des notes. En rentrant, Beth a annoncé ça comme si on avait gagné au Loto : « Kim s'est souvenu de quelque chose de capital, lança-t-elle. C'est un indice très important qui pourrait nous mener à quelque chose. »

Après cela, ils ont ciblé les recherches autour de la camionnette rouge. Avec les deux lettres que je leur avais données, ils ont passé au crible des milliers de véhicules ainsi que leurs propriétaires.

Ils n'ont jamais rien retrouvé. Ni la camionnette ni Judy.

J'entendis frapper à la porte et fus tirée de mes pensées. Hébétée, je regardai autour de moi, puis jetai un œil à la pendule. Il était presque minuit. La porte s'entrouvrit et ma mère entra.

– Je voulais m'assurer que tu allais bien, dit-elle en s'asseyant près de moi.

Son visage était marbré, elle paraissait fatiguée. Elle prit mes mains dans les siennes.

– Cette émission, murmura-t-elle, rafraîchira peut-être la mémoire des gens. Si seulement on savait ce qui s'est passé, alors on pourrait tourner la page.

« Tourner la page. » Une expression à la mode. Fermer ce chapitre de notre passé où étaient inscrits certains événements, et continuer à vivre. Pour que cela se produise, il nous fallait savoir ce qui était arrivé à Judy. À cette seule condition, nous pourrions cesser de regarder en arrière.

– On verra ce que ça donne. Si quelqu'un se souvient d'un détail. Peut-être y aura-t-il d'autres indices.

Elle m'embrassa sur la joue et quitta la pièce. La porte se ferma sans bruit derrière elle. D'autres indices… Comme la camionnette. Le plus important de toute l'enquête.

Mais c'était faux. J'avais menti pour faire plaisir à cette dame si gentille. Lorsque Judy a disparu, les rues étaient désertes. Il n'y avait pas de camionnette rouge.

Cinq

Le lundi suivant, mon amie Claire m'emmena à la fac avec la voiture de sa mère. Elle klaxonna en arrivant chez moi. Papa n'était pas encore levé, mais Maman était déjà habillée, devant l'ordinateur.

Claire déplaça son carton à dessins, mais ses affaires de peinture étaient éparpillées sur le sol. Je pris garde de ne rien écraser en me glissant dans la voiture et posai mon sac sur mes genoux.

– J'ai vu l'émission vendredi soir, dit-elle en regardant par-dessus son épaule et en manœuvrant prudemment.

Tendue, j'acquiesçai d'un signe de tête. Je n'avais pas vraiment envie d'en parler. La voiture roulait lentement et vibra légèrement dans le virage. Claire fouilla quelques instants dans le vide-poche et sortit une cassette qu'elle introduisit dans le lecteur. La musique emplit l'habitacle et je m'enfonçai dans le siège, heureuse d'éviter le sujet familial.

J'avais rencontré Claire trois mois plus tôt, à la fac. Elle avait fait office de guide pour les nouveaux arrivants. Elle suivait des études d'art et était en deuxième année. Ses cheveux étaient noirs comme du jais, à l'exception de quelques mèches, accidentellement colorées de peinture. Toujours perdue dans ses pensées, Claire ne se souciait ni de son aspect négligé ni de ses vêtements froissés. Pour être tout à fait honnête, je n'en demandais pas plus. L'idée d'une amitié trop proche me mettait mal à l'aise.

Quand Teresa Russell et moi avons cessé de nous voir, j'ai pris du recul. J'avais des amis, mais jamais de « meilleure amie », comme on dit. J'ai mis du temps à reprendre l'école et lorsque j'y suis retournée, j'étais devenue une curiosité locale. Certains enfants débordaient de compassion silencieuse. Les autres, simplement fouineurs, voulaient savoir comment c'était d'avoir, littéralement, perdu une sœur. Je les évitais tous. C'est pour cela que je traînais souvent avec les garçons. Avec eux, c'était plus simple. On jouait au foot, on échangeait des cartes ou on parlait télévision. On ne se préoccupait ni de nos sentiments ni de notre passé. Certaines filles avaient le même caractère, et quand j'en avais marre des garçons, je copinais avec elles. Mais je gardais toujours mes distances. Cela me convenait.

Teresa Russell était inscrite dans un lycée différent du mien, et je ne la voyais presque jamais. S'il nous arrivait de nous croiser dans la rue, ou bien au centre commercial, nous nous contentions d'un petit signe de tête. Je ne l'aimais plus, tout simplement. Pam, bien entendu, y voyait autre chose : Teresa me rappelait ce sinistre après-midi. Chaque fois que je la rencontrais, je me remémorais la disparition de Judy. Amusant. Comme si j'avais besoin qu'on me le rappelle. Non, je savais à présent qui elle était : une fille égoïste et manipulatrice.

Je fus désagréablement surprise de la retrouver à la fac. Elle faisait des études de commerce. J'avais opté pour des cours d'histoire, de communication et de littérature, ce qui me permettait de l'éviter. Elle était en permanence pendue au bras de son petit ami, qui suivait les mêmes cours qu'elle ; on les voyait fréquemment en train de se bécoter dans un recoin de la cantine ou d'un couloir mal éclairé. Lorsque nous nous sommes revues, elle a fait comme si nous nous étions réellement perdues de vue. Elle a insisté pour me présenter à Danny, son copain. Je les quittai hors de moi. Elle lui avait sûrement parlé de moi, et surtout de ma sœur. Quelque part, j'étais tristement célèbre, et elle se délectait des détails.

Claire, c'était tout le contraire. Elle savait qui j'étais dès le début.

– C'est toi qui a perdu ta sœur ? demanda-t-elle, alors qu'elle me montrait la salle informatique et la bibliothèque (toutes les dernières technologies, des tonnes de livres, très pratique).

J'acquiesçai, surprise de sa franchise.

– C'est affreux, dit-elle. Il y a longtemps ?

Nous nous étions rapprochées de l'auditorium (strapontins, scène à l'italienne, éclairage dernier cri).

– Presque huit ans, dis-je à voix basse pour que les autres ne nous entendent pas.

– Tu dois penser à elle tous les jours. Moi je ne pourrais pas m'en empêcher.

Je hochai la tête et elle me montra la cantine (trop de monde, un vrai sauna, nourriture atroce, aucun choix pour les végétariens).

Son franc-parler m'avait ébranlée. Elle n'était ni gênée ni impressionnée, simplement touchée. Après cela, dès que je la croisais, nous allions prendre un café, ou seulement nous asseoir pour bavarder. Elle n'en a jamais vraiment reparlé. Elle m'a dit que je portais le même nom qu'un de nos plus grands peintres, David Hockney. Je ne le connaissais pas, mais il semblait nous conférer un lien particulier. Elle me parlait de ses cours, de ses peintures, ses collages, ses sculptures. En plus de tout cela, elle se passionnait pour des choses bizarres : la réincarnation, les cercles de pierres, les festivals païens, la méditation. Mais elle m'a toujours témoigné de la gentillesse et de l'affection, jamais de curiosité malsaine.

Elle aussi avait ses problèmes. C'était la pagaille dans sa famille. Ses parents étaient séparés, et le nouveau petit ami de sa mère – un informaticien, analyste ou programmeur, quelque chose comme ça – avait emménagé chez elle deux mois plus tôt. Claire l'aimait bien, mais chaque fois que son père venait la voir, les deux hommes se disputaient et elle s'y retrouvait mêlée. Elle arrivait parfois à la fac les yeux bouffis et l'air plus ébouriffé que d'habitude. Ses œuvres aussi étaient plus que bizarres. Ses peintures étaient sombres et embrouillées et leurs formes disproportionnées, avec de grosses têtes sur des corps minuscules. Son professeur adorait ce qu'elle faisait. Claire s'accommodait de sa situation. Elle n'avait pas le temps de s'apitoyer sur mon sort.

Arrivées à la fac, Claire est allée à son cours magistral et moi, à mon atelier de stylistique.

Il était question du « langage des tracts ». Les tables étaient recouvertes de tracts colorés, de formes et tailles différentes. Nous devions les regrouper en plusieurs catégories. À côté de moi, un garçon feuilletait un magazine et deux filles de mon ancien lycée papotaient. Nous devions faire une étude stylistique, puis préparer notre propre tract. Tout en travaillant, j'écoutais vaguement les deux filles, qui parlaient de séries télé.

Rédiger un tract n'avait rien de nouveau pour moi. Papa et Maman en avaient fait des tonnes pour l'association, Enfants perdus. J'avais participé à leur rédaction, leur mise en pages, ainsi qu'aux annonces dans les journaux et aux déclarations de presse. À douze ans, j'étais experte en relations publiques.

Pour le premier anniversaire de la disparition de Judy, nous avions tous les trois remonté Willow Drive et accroché des fleurs à un arbre. Il était sept heures du matin et la rue était déserte. Il fallut quelques minutes à Maman pour attacher le bouquet au tronc. Elle avait glissé sous la Cellophane une petite photo de Judy. Celle que les enquêteurs avaient utilisée pour la campagne de recherches. Après quelques minutes de silence, nous avons fait demi-tour.

– Nous devrions prendre contact avec d'autres parents, avait dit Papa en arrivant à la maison.

Maman avait immédiatement refusé d'un signe de tête. La police et les comités de soutien aux victimes l'avaient déjà encouragée à le faire. Elle n'avait rien voulu savoir.

– Ça serait bien, insista mon père en passant son bras autour de ses épaules. D'autres gens traversent les mêmes épreuves. Peut-être pourrait-on les aider.

Je les regardais tous les deux. Ses cheveux à lui étaient plus longs et s'éparpillaient sur son col froissé. Il n'avait pas repris le travail depuis qu'il avait vendu la boulangerie, quelques mois plus tôt. Maman avait le teint cireux et elle était maintenant si maigre que le manteau qu'elle portait glissait sur ses épaules. À l'époque, je croyais qu'il était sérieux : que ma mère et lui pouvaient aider d'autres personnes dans la même situation. Aujourd'hui, je pense que c'était le contraire. C'étaient eux qui avaient besoin d'aide. À la dérive sur une mer plate, immobile, ils priaient pour que le vent se lève enfin.

C'est comme ça qu'Enfants perdus est né. Mon père en a tout de suite pris la direction. Il est entré en contact avec la police, a fait les premières déclarations de presse et rédigé un article pour un quotidien national. Il s'en justifiait toujours auprès de Maman et de moi.

– On continuera à parler de nous. On rappellera constamment aux gens la disparition de Judy. Si elle est quelque part, cela nous aidera à la retrouver.

Maman parut surprise. Elle n'avait pas pensé à cela. Dès lors, elle s'investit et organisa une rencontre avec les personnes qui l'avaient contactée. Elle acheta un ordinateur, puis ils apprirent tous deux à s'en servir. Ils se levaient plus tôt le matin, et en rentrant de l'école, je les retrouvais entourés de paperasse. Toujours au téléphone, à discuter ou à prendre des rendez-vous.

Je les ai vus changer. Maman et ses nouveaux vêtements pour les conférences. Papa à une émission télévisée, où il parlait de l'importance d'Enfants perdus. L'achat des nouveaux téléphones portables et du fax. Les calendriers accrochés au mur, l'un pour mon père et l'autre pour ma mère. Ils avaient chacun leurs engagements, des personnes à voir, des déclarations à faire, des interviews à donner aux médias.

Au deuxième anniversaire, ce n'étaient plus les mêmes personnes. Ils avaient remplacé Judy par toutes leurs autres activités. Nous avons à nouveau marché le long de Willow Drive et déposé des fleurs sur un arbre, mais cette fois-ci, les journalistes nous accompagnaient. J'ai laissé Maman parler avec quelqu'un de la presse locale et je suis partie distribuer des tracts avec Papa. « Pour rafraîchir les mémoires », expliqua-t-il. Il y avait une photo de ma sœur et l'en-tête disait : « Nous cherchons toujours Judy. » Le logo d'Enfants perdus était imprimé au bas du tract : un enfant stylisé, comme une allumette, dessiné dans le creux d'un point d'interrogation.

J'ai terminé mon côté de la rue et j'ai erré dans le petit parc de Sparrow Garden, où Judy et moi jouions souvent. Je me penchai contre la rambarde et observai les balançoires, les tourniquets et le vieux toboggan. J'étais déprimée, c'est vrai. Me retrouver dans Willow Drive me mettait toujours mal à l'aise, comme si je remontais le temps. Je ne regardais pas particulièrement les enfants, mais un bref éclair rose, qui allait et venait dans mon champ de vision, m'attira l'œil. Je retins mon souffle pendant quelques instants, jusqu'à ce qu'en fixant les balançoires, j'aperçoive Judy. Son visage et ses cheveux bouclés se rapprochaient de moi, puis repartaient au loin lorsqu'elle s'élançait vers le ciel pour se balancer. Elle montait de plus en plus haut, et je ne faisais que l'entrevoir. Ma sœur. Mes jambes faiblirent. La balançoire ralentit et je me dirigeai vers elle. C'était plus fort que moi. Je levai le bras pour lui faire signe, mais elle ne me vit pas ; elle descendit finalement de la balançoire et une autre enfant, beaucoup plus âgée, une adolescente, l'entraîna vers la sortie. Je ne pouvais pas la laisser disparaître. Je les ai suivies, j'ai crié. En me rapprochant, j'ai hurlé pour qu'elles s'arrêtent, mais elles ont pressé le pas. J'étais plus rapide qu'elles. Je les ai dépassées, j'ai attrapé la petite fille et l'ai serrée contre moi.

– Judy, ai-je dit à travers mes sanglots, Judy, je t'ai retrouvée.

Puis mon père me fit lâcher prise, s'excusant auprès de l'adolescente. Une femme venait vers nous en courant, son visage déformé par la colère. Papa se retourna et fronça les sourcils en direction de deux policiers qui se trouvaient dans la rue.

Ce fut la première des nombreuses fois où je crus apercevoir Judy.

– Kim, tu m'entends ?

Je perçus la voix de mon professeur et réalisai où je me trouvais. Assise dans une salle de classe, derrière une table couverte de tracts. Les autres groupes avaient terminé leur travail. Les deux filles à côté de moi parlaient à voix basse et le garçon semblait s'ennuyer.

Je haletais, comme si j'avais couru. Le professeur me regardait d'un air inquiet. Les autres me dévisageaient. Je pris quelques feuillets. Quelle idiote ! J'avais recommencé. J'avais pourtant promis à Pam que j'arrêterais de revivre le passé.

– Excusez-moi, je pensais à autre chose.

Après le cours, je me suis dirigée vers la cafétéria. Une fille que je connaissais m'arrêta et me dit :

– Teresa Russell te cherche. Elle a quelque chose de très important à te dire.

Je l'ai aperçue à la cantine, en minijupe et bottes vernies, assise sur les genoux de son copain, avec son troupeau d'amis. Elle était au téléphone et ne m'avait pas remarquée. Je décidai de sauter le déjeuner et d'aller à la bibliothèque.

Elle était bien la dernière personne que j'avais envie de voir.

Six

Il faisait une telle chaleur dans le bureau de Pam que je dus enlever mon pull et déboutonner le haut de ma chemise. Pam discutait avec l'une de ses secrétaires dans le hall et je tirai mon portable de mon sac pour l'éteindre. L'écran indiquait l'icône en forme d'enveloppe. J'affichai le texte : « Dois te parler d'urgence. Teresa »

Je fulminais. Depuis trois jours déjà, Teresa Russell voulait à tout prix me voir. Elle avait laissé des messages à ma mère, à mon tuteur à la fac et à Claire. Elle m'envoyait aussi des SMS. J'allais devoir lui répondre, ne serait-ce que pour lui dire de m'oublier.

Pam entra dans le bureau, une tasse de thé dans chaque main.

Nous nous sommes assises face à face. Sur la petite table basse ronde qui nous séparait étaient posés une carafe d'eau, un verre et une boîte de mouchoirs. Pam avait les cheveux tirés et n'était pas maquillée. Elle portait son pantalon habituel, avec un chemisier. C'était une sorte d'uniforme de travail. Je l'avais croisée, une fois, dans un centre commercial, avec des vêtements amples et fleuris, couverte de bijoux et les cheveux détachés. Je l'avais à peine reconnue.

– Comment vont tes parents ? demanda-t-elle.

– Ils vont bien.

Ce matin-là, avant que je ne parte pour ma séance avec Pam, ils avaient reçu un courrier recommandé de la chaîne de télé qui avait produit l'émission. Il contenait cinq exemplaires de l'image de Judy générée par ordinateur, avec des coupes et des couleurs de cheveux différentes. C'était exactement comme des photos. Même si les contours de ces plans serrés étaient un peu flous, on aurait vraiment cru qu'une adolescente avait pris la pose. Maman les aligna sur la table de la cuisine et les observa minutieusement. Elle les déplaçait, caressant le papier et effleurant les angles. Mon père, lui, les regardait de loin.

En plus de cela, le policier chargé de l'enquête avait téléphoné. Il avait reçu trente-deux appels à la suite de l'émission. Trente-deux personnes pensaient avoir des informations concernant la fillette disparue depuis huit ans. Maman était fébrile en nous apprenant la nouvelle. Papa était plus réservé.

– J'ai vu l'émission, me dit Pam en s'enfonçant dans le fauteuil et en soufflant sur son thé.

– Oui.

Je n'ajoutai rien. Nous sommes restées un moment silencieuses. J'aurais dû lui avouer que j'avais suivi une petite fille et que la police m'avait ramenée chez moi. C'était une rechute et il fallait en parler. Elle ne me jugerait pas. Elle hocherait simplement la tête, compatissante, et ponctuerait la séance de phrases comme « À ton avis, pourquoi as-tu fait ça ? », ou bien « Pourquoi as-tu attendu dehors si longtemps ? », « Qu'est-ce qui, chez cette petite fille, t'as rappelé Judy ? » Puis, après avoir résolu tout cela, elle fixerait pour moi des objectifs, comme tenir un journal où j'inscrirais mes pensées et mes sentiments (nous avions fait cela l'année précédente). Elle me donnerait une technique : « Quand tu crois apercevoir Judy, va t'asseoir quelque part et écris-lui une lettre. Parle de toi. Raconte-lui ta vie depuis huit ans. »

Durant ces séances, il n'était jamais question de mort ou de meurtre. Ces mots étaient ensevelis sous un amas de paroles réconfortantes. Ça n'était pas sa faute, elle faisait simplement son travail. Mais ces non-dits me lassaient.

– Je voudrais qu'on parle de Teresa Russell, dis-je subitement, presque malgré moi.

– D'accord.

Elle hocha la tête d'un air entendu.

– Elle me harcèle et m'envoie sans arrêt des messages. J'aimerais qu'elle me fiche la paix.

– Vous étiez bonnes amies, avant.

– Quand on était gamines.

– Jusqu'à la disparition de Judy ?

Pam murmura presque le mot « disparition »

J'acquiesçai, et m'agaçai moi-même. Quel était l'intérêt d'en parler ? Je savais pourquoi j'avais cessé de fréquenter Teresa Russell.

– Raconte-moi ce que vous faisiez ensemble. Quand vous étiez amies. Comment vous êtes-vous rencontrées par exemple ?

Je haussai les épaules. Je n'avais pas prévu de reprendre le chemin du passé aujourd'hui. Mais comme je n'avais pas d'autre idée, ou de sujet de conversation, j'ai parlé à Pam de ma relation avec Teresa Russell.

Bien que dans la même classe, nous n'étions pas vraiment amies à l'école. On nous avait toutes les deux inscrites de force à un club de vacances au centre de loisirs. Une semaine de natation, de canoë, d'escalade, de football et de base-ball pratiqués à contrecœur nous avait rapprochées. Nous faisions les trajets à pied ensemble. Nous avions huit ans, et une passion commune pour les livres, l'écriture et les magazines. Teresa et moi nous prenions pour des stylistes et nos petits carnets étaient remplis d'idées pour créer des jeans, des hauts, des robes, des manteaux et des chaussures. Elle avait envoyé certains de ses dessins à une vraie maison de couture qui lui avait répondu en la remerciant et la félicitant pour ses créations « très originales ».

C'est pour cela (uniquement) que nous collectionnions les habits de poupée. Teresa en possédait quelques-unes, du type Barbie, et des tonnes de vêtements. Sa mère nous aidait parfois à les confectionner et nous organisions des défilés. Tante Rosie aimait chiner dans les ventes caritatives, où elle dénichait souvent des vêtements de poupée d'occasion pour compléter notre collection. Il fallait les cacher, car Judy voulait tout le temps jouer avec. Pour nous (et nous insistions sur ce point), ça n'était pas un jeu. Il s'agissait d'un projet artistique sérieux.

J'enviais la vie de Teresa. Sa maison était toujours impeccable, les lits bien tirés, et il n'y avait pas un grain de poussière. Sa mère avait travaillé comme mécanicienne dans une fabrique de vêtements, mais avait démissionné à la naissance de Teresa. Elle passait ses journées à lui fabriquer toutes sortes de choses. Avec sa gigantesque machine à coudre installée dans une pièce à part, elle confectionnait pour Teresa tous les vêtements possibles et imaginables. Il lui suffisait de les voir dans un magazine ou dans la vitrine d'une boutique pour pouvoir les reproduire. Et quand ça n'était pas la couture, c'était la pâtisserie : des gâteaux, des petits pains, des muffins et des tartes. J'adorais regarder tous ses ustensiles : les bols, les plateaux, les moules, les godets en papier aux rebords plissés. La maison de Teresa avait une odeur douce et sucrée. Pas comme la nôtre, qui sentait le chien mouillé.

Notre amitié fut perturbée par la scolarisation de Judy. La plupart du temps, Maman venait la chercher, mais lorsqu'elle ne pouvait pas, je devais la récupérer et l'emmener avec nous.

Elle ne faisait que parler pendant tout le trajet.

« Qu'est-ce qui arrive aux feuilles quand elles tombent des arbres ? »

« Regarde cette voiture jaune ! »

« Pourquoi est-ce que cette maison est bleue ? »

Teresa et moi l'ignorions autant que possible, serrées l'une contre l'autre, mettant au point nos projets. Ce dernier vendredi s'était déroulé ainsi, lorsque Teresa m'avait invitée à passer le samedi après-midi chez elle. Nous voulions fabriquer des bracelets et des colliers avec son kit de bijoux. Judy furetait autour de nous et saisit quelques bribes de la conversation.

– Quels bijoux ?

Teresa lui fit signe de se taire, et je ne lui répondis pas. Ça n'était pas ses affaires. Elle n'était qu'une andouille et cela m'ennuyait d'avoir à m'occuper d'elle.

Lorsque Maman nous déposa avec Judy chez Teresa le lendemain, la première chose qu'elle voulut faire, c'était de jouer avec les poupées et les vêtements. Teresa était énervée, et même les cinq livres que ma mère nous avait données ne purent la dérider.

– Donc, l'après-midi n'avait pas été agréable ? demanda Pam.

Je secouai la tête.

– Est-ce que cela t'attriste ? De penser que tes dernières heures avec Judy se sont mal passées ?

– Oui, je crois…

Un son strident me fit sursauter. On aurait dit une sonnerie de portable, mais ça n'était pas la mienne, et de toute façon, je l'avais éteint. Pam tapota ses poches.

– Je suis désolée, Kim. C'est mon bip. Normalement, je ne prends pas d'appels, mais c'est le numéro d'urgence. Peux-tu m'excuser quelques minutes ?

Je hochai la tête et elle quitta la pièce en marmonnant. La porte du bureau se referma violemment. J'étais perturbée.

Teresa Russell avait dans sa chambre une boîte en carton remplie de chutes de tissu. Il s'agissait de restes de vêtements ou de rideaux que Mme Russell avait faits. Il y en avait des dizaines. Nous avions passé des heures à y découper des patrons et à les coudre sur nos modèles. Cet après-midi-là, Judy avait absolument voulu jouer avec, mais Teresa ne l'avait pas laissée faire.

– On ne fait pas de vêtements aujourd'hui, on fabrique des bijoux, avait-elle répondu sèchement en sortant son attirail et en le posant sur la table.

– Est-ce que je peux faire un collier ? demanda Judy en se rapprochant.

– Tu ne dois pas jouer avec ça, coupa Teresa. C'est trop petit, tu pourrais les avaler !

– Il se passerait quoi, Kim, si j'avalais une perle ?

– Tu mourrais à petit feu dans d'atroces souffrances, siffla Teresa avant que je ne puisse ouvrir la bouche.

Judy me regarda, mais je tournai la tête, exaspérée. Teresa émit un son réprobateur et continua son collier. Quelques instants plus tard, j'entendis renifler et me retournai sur ma sœur tremblotante, son petit visage tout rouge. Elle sanglota de plus belle, et Teresa comprit qu'elle était allée trop loin.

– Chuuuuuut, dit-elle en jetant un œil inquiet vers la porte de sa chambre, de peur que sa mère n'entende. Elle passa son bras autour des épaules de Judy et l'emmena vers le lit.

– Si tu t'assois là et que tu es bien sage, Kim et moi, on jouera à un jeu spécial avec toi.

Judy s'assit sur le lit en suçant son pouce. Teresa et moi avons continué à faire nos bijoux. Si Judy avait pu se tenir tranquille, peut-être que tout se serait bien passé. Mais elle ne pouvait s'empêcher de parler. Nous l'avons ignorée de notre mieux, mais de temps à autre elle exigeait une réponse. Je me contentais de répondre par « oui » ou « non », mais Teresa était visiblement agacée.

– Quand est-ce qu'on joue au jeu spécial ? gémit Judy.

Teresa avait quelques problèmes avec son collier. Le fil s'était emmêlé, et elle s'énervait de plus en plus. Lorsque Judy demanda de nouveau le jeu spécial, Teresa perdit patience et jeta son collier à moitié fini sur la table. Des dizaines de perles s'éparpillèrent sur la moquette.

– Oh ! dit Judy, est-ce que ta maman va te gronder ?

Teresa souffla et croisa les bras.

– Le jeu spécial, dit-elle d'un ton sinistre, c'est cache-cache.

Judy sauta de joie. Elle y jouait avec Papa et moi. Elle adorait ça. Je regardais mon amie, surprise de son changement d'attitude. Peut-être allait-elle laisser Judy s'amuser avec nous.

Mais Teresa avait un autre plan. C'était à moi de « chercher ». Je devais fermer les yeux et compter jusqu'à cent pendant qu'elle et Judy iraient se cacher. Je les entendis s'éloigner et j'en étais quelque part dans les soixante lorsque je sentis une main sur mon épaule. C'était Teresa, qui jubilait.

– J'ai caché Judy dans le placard à linge. Maintenant, on va être tranquilles.

J'imaginai Judy recroquevillée entre les serviettes et les draps, inquiète d'être trouvée. Teresa avait décidé de l'y abandonner.

J'aurais dû l'en empêcher. J'aurais dû insister pour que Judy puisse jouer avec nous, ou avec les poupées et les vêtements. Comment ne pas réagir ? C'était ma sœur. Je n'aurais pas dû laisser Teresa la traiter ainsi. Mais j'ai continué à enfiler mes perles sans protester. Vingt minutes plus tard, Judy est revenue, écarlate. Lorsqu'elle nous vit assises à la table, elle comprit qu'on lui avait menti. Elle ne dit rien et s'allongea sur le lit. Je me sentais mal à l'aise et l'observais à la dérobée. Elle était passée de la joie au désespoir en un après-midi et nous lançait des regards pleins de reproches. Teresa était de meilleure humeur et fredonnait une chanson. Sur la table, il y avait deux colliers. Le sien était plus joli. Le mien semblait biscornu et abîmé. Je n'avais plus envie de jouer et j'ai proposé d'aller jusqu'au magasin pour dépenser les cinq livres. Judy paraissait fatiguée et ne voulait pas venir, mais j'ai insisté.

– Je t'offrirai un joli cadeau, lui avais-je promis.

Mon seul mot gentil de tout l'après-midi.

– Navrée, Kim, c'était l'une de mes patientes, qui a de gros problèmes en ce moment. Il fallait que je lui parle.

Pam entra brusquement, laissant passer un courant d'air agréable. Elle s'assit et me regarda, attendant la suite.

– Nous parlions de toi et de Teresa, dit-elle, et de ce dernier après-midi.

– Oui, répondis-je. Je tapotai le rebord du fauteuil avec mes doigts. Ça n'était pas un après-midi agréable.

J'étais au bord des larmes. C'était étrange. Cela faisait longtemps que je n'avais plus pleuré pour Judy, peut-être des années. Pam se redressa, d'un air très professionnel. Elle réfléchissait pour préparer une réponse.

– Beaucoup de personnes en deuil éprouvent de la culpabilité pour les dernières heures qu'elles ont passées avec les êtres qu'elles ont perdus. Elles voudraient toujours avoir agi différemment; avoir été plus aimantes, plus attentionnées. Une femme qui se dispute un matin avec son mari. Il sort et se fait renverser par un bus. Bien qu'ils se soient aimés et aient été heureux, elle se sentira toujours coupable de l'avoir quitté sur une dispute. La perte soudaine et inattendue de quelqu'un ne donne pas aux gens la possibilité de terminer les choses comme ils l'auraient souhaité.

J'étais tendue.

– Il ne faut pas que tu laisses ces dernières heures difficiles avec Judy gâcher le reste de tes souvenirs. C'était ta sœur, et tu l'as eue pendant cinq ans. C'est ce à quoi tu dois penser, et non à ce dernier après-midi.

– C'est ce que je fais.

– Et Teresa Russell ?

– Nous ne nous fréquentons plus depuis longtemps, dis-je.

– C'est normal. Tout le monde passe à autre chose et se fait de nouveaux amis, dit Pam en consultant sa montre.

J'ai acquiescé pour lui faire plaisir. Mais ce n'était pas aussi simple. Le fait de passer à autre chose n'était pas la question. Après la disparition de ma sœur, je ne supportais plus de me retrouver en compagnie de Teresa Russell. Pendant longtemps, je n'ai même pas pu la regarder en face.

Sept

En rentrant à la maison, je fus surprise d'y trouver du monde. J'ouvris la porte, et le bourdonnement d'une conversation animée me parvint depuis le salon. C'était curieux. Quinze heures trente, un jeudi après-midi, une heure peu habituelle pour une réunion. J'ouvris la porte du salon et la conversation s'arrêta net. Ma mère, assise au milieu d'un petit groupe de personnes, se leva et vint vers moi.

– Kim, dit-elle en me prenant la main. Nous avons du nouveau.

Je regardai autour de moi. Mon père était adossé au mur, près de la fenêtre. Il semblait à cran. Tante Rosie arrangeait un bouquet de fleurs dans un vase posé sur la table basse. Il y avait une dame du groupe de soutien avec un grand sourire aux lèvres. Deux policiers se trouvaient aussi là : l'un, en civil, s'occupait de l'affaire depuis deux ans et l'autre, une jeune femme, était en uniforme.

– Quoi donc ? dis-je, étonnée.

– Assieds-toi… assieds-toi… dit ma mère, tout excitée.

J'étais réellement perplexe. Une atmosphère de fête émanait de la pièce. Je me demandai si, en levant la tête, je trouverais des guirlandes accrochées au plafond.

– Bonjour Kim, me dit la policière.

Je la reconnaissais à présent: c'était elle qui m'avait trouvée devant la maison de cette petite fille, la semaine précédente, le jour de l'émission.

– Annoncez-lui donc la nouvelle, dit ma mère au policier en civil, l'inspecteur principal Robinson, ou Robbins, ou Roberts. Je ne me rappelais jamais son nom.

Je m'assis et ma tante Rosie vint s'installer près de moi. Pour une fois, elle avait abandonné son tricot, mais entremêlait machinalement ses doigts. L'inspecteur tira une chaise et s'assit face à moi. Il portait un costume foncé dont la veste était un peu trop cintrée. En s'asseyant, il remonta les jambes de son pantalon. Je baissai les yeux et remarquai qu'il portait des chaussettes Homer Simpson. Au fond de moi, j'avais envie de rire.

– Après la diffusion de l'émission, nous avons reçu un certain nombre d'appels de téléspectateurs. Ta mère te l'a probablement déjà dit.

Je hochai la tête.

– Nous les avons tous vérifiés, bien sûr, mais après huit ans, nous n'avons plus beaucoup d'espoir. Ce sont souvent des personnes bien intentionnées, désireuses de nous aider. Quelque chose dans l'émission semble déclencher un souvenir, mais dans quatre-vingt-dix-neuf pour cent des cas, ce souvenir n'existe pas.

Je le savais. Cela s'était produit après les premières émissions de télé. Le nombre d'appels était encourageant, mais cela n'avait jamais mené à rien.

– Hier, nous nous sommes rendus dans l'une des maisons de Willow Drive. Les propriétaires n'ont emménagé que le mois dernier. Ils ont fait quelques travaux.

– Ils ont remanié les extérieurs, précisa ma mère.

– C'est ça. Le jardin devant la maison était entièrement pavé. Un dallage irrégulier, en pierres plates.

– Ça ne se fait plus de nos jours, dit Rosie. Aujourd'hui, personne ne nous demande de dallage irrégulier.

– Et lorsque les ouvriers l'ont cassé, ajouta ma mère, ils ont retrouvé le pull rose de Judy.

– Quoi ?

– Nous ne sommes pas certains qu'il appartient à Judy, interrompit la policière. Nous ne serons fixés qu'après le rapport des experts et lorsque toi aussi, tu l'auras identifié.

Le pull rose. Sa polaire préférée, achetée une semaine avant sa disparition. Et il se trouvait dans Willow Drive, à quelques mètres de l'endroit où je l'avais vue pour la dernière fois…

– Je ne comprends pas, répondis-je.

Non que je sois idiote. Mais on avait interrogé les habitants de cette rue. On avait fouillé les jardins, à la recherche d'indices. Pourquoi n'avait-on rien trouvé ? Pourquoi ne l'avait-on pas vu à l'époque ?

– Les nouveaux propriétaires ont déterré le pull il y a une dizaine de jours. Ils l'avaient mis dans un sac poubelle, mais lorsqu'ils ont vu l'émission, ils sont retournés le chercher. Si c'est bien celui de Judy, nous demanderons l'autorisation de faire d'autres fouilles.

– C'est un indice important, dit ma mère.

Je regardai mon père, qui haussa les épaules.

– Pourquoi ne l'a-t-on pas retrouvé tout de suite ?

J'exigeais de savoir.

Ils semblaient tous embarrassés. La nouvelle ne me ravissait pas autant que ma mère, et ils s'en rendaient compte.

– Nos agents ont fait des recherches préliminaires dans le secteur, dit l'inspecteur.

– Et nous ne sommes pas encore sûrs qu'il s'agisse du pull de Judy, rappela la policière.

– Écoute Kim, dit l'inspecteur d'une voix plus douce, l'enquête sur la disparition d'un enfant est ce qu'il y a de plus délicat pour un policier. Nous mettons le plus d'agents possible sur l'affaire. Mais nous devons faire des choix. Il nous est absolument impossible d'éplucher chaque centimètre carré de terrain. Nous avons fait des recherches importantes pendant la première semaine, mais ensuite, avec l'information concernant la camionnette rouge, nous avons tout mis en œuvre pour retrouver le véhicule.

La camionnette rouge.

Je me forçai à détourner le regard et j'aperçus la tête d'Homer Simpson imprimée sur ses chaussettes. Cette fois-ci, je n'avais plus envie de rire. J'étais en colère. J'avais envie d'arracher cette stupide tête jaune de ses chaussettes et de la déchirer en mille morceaux.

La camionnette avait requis tous les effectifs. Je le savais. Pendant des semaines, ils avaient ratissé le pays en cherchant une camionnette dont la plaque d'immatriculation comportait un X et un P. Ils en avaient trouvé quelques-unes, avaient interrogé les propriétaires et vérifié leur alibi. Un homme avait passé vingt-quatre heures en garde à vue. Oui, je savais tout cela. En regardant mes mains, je ne vis que deux petits poings serrés.

– Je crois que Kim ne se sent pas très bien, intervint mon père.

– Nous allions partir, de toute façon, répondit le policier. Il se leva et son pantalon retomba sur ses odieuses chaussettes. Nous vous attendons demain au commissariat avec votre épouse. Vers dix heures ?

Ils quittèrent la maison sans bruit. Seuls quelques murmures s'échappèrent de l'entrée. Je sentis, alors qu'elle passait son bras autour de mes épaules, le parfum fort et doucereux de Rosie.

– Nous savons tous ce que tu ressens, me dit-elle. Mais c'est une bonne nouvelle. C'est peut-être le début de la fin. Nous allons peut-être enfin savoir ce qui est arrivé à Judy. C'est le plus important.

Je hochai la tête. Ce qu'elle voulait dire, c'est qu'on allait retrouver son corps. Peut-être que le pull rose n'avait pas été enterré seul. Il y aurait finalement de vraies obsèques, avec des fleurs et une voiture noire.

– Toi et tes parents, vous pourriez penser à l'avenir. Repartir de zéro.

Tout en murmurant, elle resserrait son étreinte. Comme prise au piège, je n'avais pas la force de me dégager. Maman revint dans la pièce ; je ne l'avais pas vue aussi heureuse depuis longtemps.

– Du thé ? demanda mon père en se dirigeant vers la cuisine.

– C'est bien, dit ma mère. On va tourner la page.

« Tourner la page. » Encore cette affreuse expression. Je me dégageai de l'étreinte de ma tante et quittai la pièce. Je pris ma veste dans l'entrée et sortis. J'entendis ma mère qui tentait de me rattraper, mais j'accélérai le pas et quittai le jardin avant même qu'elle ait ouvert la porte. Dehors, le froid était piquant et le vent semblait me lacérer le visage. En me retournant, je vis ma mère sur le pas de la porte, mais elle ne m'a pas appelée. La tête baissée, j'ai remonté la rue sans savoir où j'allais. Je refusais de rester assise là-bas, à les écouter se réjouir d'une éventuelle découverte macabre. Qui le supporterait ?

Malgré la nuit tombante, certaines voitures n'avaient pas encore allumé leurs phares. L'humidité montait dans l'air et je resserrai le col de ma veste. Enveloppée dans une atmosphère lugubre, de plus en plus dense, chaque pas me semblait laborieux. On klaxonna derrière moi. Pourvu que ce ne soit pas Maman ou Papa. Sans me retourner, je continuai en traînant les pieds. J'allais traverser la rue lorsqu'une voiture ralentit et s'arrêta juste devant moi. La porte côté passager s'ouvrit brusquement et le plafonnier s'alluma, comme une lueur douce et rassurante dans cette nuit d'encre.

Une voix joviale s'en échappa.

– Kim, ça fait des jours que je te cherche !

Teresa Russell était assise du côté passager et se penchait vers l'extérieur. C'était son copain, Danny, qui conduisait. Elle me sourit, sans réaliser que je n'étais pas ravie de la voir.

– Il fallait que je te parle, dit-elle tout excitée ; j'ai quelque chose de très important à te dire. Monte !

Elle passa son bras à l'arrière et ouvrit la porte. Je reculai d'un pas. Elle voulait sans doute parler de la fac, de ses cours, de son copain, de sa vie si parfaite. Je refusais de la fréquenter. N'avais-je pas été assez claire ? Je secouai la tête.

– Écoute Kim. C'est très important. Vraiment. C'est au sujet de ta sœur, Judy. Je ne veux pas t'en parler ici. Allons chez moi.

– Judy ?

– Ça va t'intéresser, je te le jure. Je ne plaisante pas. Je suis très sérieuse. Pas vrai, Dan ?

Son copain se retourna et hocha la tête, les doigts crispés sur le volant. Il s'était mis à pleuvoir, et les gouttes tombaient au hasard, comme des flèches glacées qui me transperçaient le visage et les mains. Je regardai autour de moi, indécise.

– Rien qu'une demi-heure chez moi. C'est tout. Et Dan te raccompagnera, hein ? Elle se retourna à nouveau vers son copain.

– Allez, monte. On se gèle à rester là, avec la portière ouverte.

– S'il te plaît, implora Teresa.

Je suis montée. Elle voulait me parler de Judy. Rien d'autre n'aurait pu me décider à la suivre.

Huit

La maison de Teresa avait beaucoup changé en huit ans. Ce n'était plus le havre calme et ordonné que j'avais connu lorsque nous étions amies. En entrant, je remarquai une poussette. Teresa suivit mon regard.

– Tu ne savais pas ? Mes parents se sont séparés. Papa vit dans le sud de Londres avec son amie, et Maman vit ici avec Trevor. Et Sarah.

Elle regarda la poussette puis leva les yeux au ciel en souriant.

– Bientôt trois ans. C'est un amour. Pas vrai, Dan ?

« Dan » grogna. Après un freinage brusque devant la maison, il avait réussi à mordre sur le trottoir en se garant. Il voulait attendre dans la voiture, mais Teresa avait insisté pour qu'il vienne.

La mère de Teresa entra dans la pièce. Dans ses vêtements de sport, elle me paraissait plus grande, ou plus mince. Ses cheveux étaient attachés et elle était maquillée. Dans ses bras, une petite fille gigotait.

– Teresa, dit-elle tout essoufflée, heureusement, te voilà ! Il faut que j'apporte ces plats au *pub* d'ici une demi-heure et je voudrais que tu surveilles Sarah. J'en ai pour vingt minutes, maximum…

Elle s'interrompit et me dévisagea. Il lui fallut une petite minute pour me reconnaître.

– Kim Hockney ! Je suis si contente de te voir ! Entre donc ! Laisse-moi te regarder !

Dans la cuisine, la mère de Teresa ne s'arrêtait plus de parler.

– Oh ! Je ne suis plus Mme Russell, appelle-moi Jo ! Tu veux du thé ? Du café ? Un soda ? De l'eau gazeuse ?

Elle prit ma veste et la tint un long moment avant de la poser sur le dossier d'une chaise. Il fut ensuite question de ma famille.

– Et Papa ? Et Maman ? Je les ai vus dans les journaux. Ta mère est fantastique, tout le monde le dit.

Teresa avait assis Sarah sur ses genoux et « Dan », avachi sur le plan de travail, avait entamé une canette de soda sans qu'on l'y invite.

– Et toi, comment vas-tu ? reprit-elle.

Est-ce que je m'en sortais bien ? Est-ce que j'allais de l'avant ?

– C'est très important, dit-elle. Il faut que tu ailles de l'avant.

Elle posa une tasse de thé devant moi, avec une assiette de biscuits.

– Je n'ai plus vraiment le temps de les faire moi-même, dit-elle en souriant.

Je me rappelai soudain les tartelettes à la confiture. Là, dans cette même cuisine. Les éléments et la décoration avaient changé, mais la table était toujours à la même place. Nous avions pris de petits moules et les avions beurrés pour que la pâte n'attache pas. Elles étaient trop cuites, je m'en souviens, et de toute façon, personne n'avait eu envie de les manger.

– Maman a monté son entreprise de restauration à domicile, dit Teresa en faisant sauter l'enfant sur ses genoux.

– Avec Trevor, mon nouvel époux. D'ailleurs, je dois filer, sinon il risque de me mettre à la porte !

Elle attrapa un énorme trousseau de clés et se pencha pour embrasser Sarah, puis Teresa.

– Ça m'a fait plaisir de te voir, Kim. Reviens quand tu veux.

Elle partit. Je regardai Teresa, « Dan », puis la petite fille.

– Alors, dis-je, qu'est-ce que tu veux ? J'ai très peu de temps.

Je jetai un coup d'œil à ma montre, pour lui faire comprendre. Je voulais m'en aller, quitter cet endroit.

– Dan, emmène Sarah dans le salon regarder une cassette. Kim et moi, on va dans ma chambre !

J'avais remarqué que Teresa haussait la voix à la fin de ses phrases. Même quand ça n'était pas des questions. Peut-être exigeait-elle toujours une réponse. Elle n'en reçut aucune de « Dan ». Il souffla, visiblement agacé, et prit la fillette dans ses bras. Apparemment, il faisait semblant, parce que je l'entendis lui faire un bisou en lui promettant son dessin animé préféré. La petite fille ne protesta pas, et Teresa me fit signe de l'accompagner.

Si le reste de la maison était en désordre, sa chambre était impeccable.

Elle m'expliqua pourquoi:

– Sarah n'entre jamais dans ma chambre. Maman est très compréhensive. Elle sait qu'avec Sarah et Trevor à la maison, j'ai besoin d'intimité. Mais ça se passe bien. Trevor est gentil, il me donne toujours de l'argent de poche. Et mon père fait pareil. En fait, le divorce, ça n'est pas si mal.

Elle s'obstinait à se montrer joyeuse, malgré mon indifférence flagrante.

– Pourquoi tu voulais me voir, demandai-je sans détour. Tu m'as parlé de Judy...

Elle se laissa tomber sur le lit sans répondre. Désœuvrée, j'examinai la chambre. Les murs avaient été repeints et des cadres étaient accrochés un peu partout. Des photos de Teresa, pour la plupart, à des âges différents. Sa chambre ressemblait à un modèle d'exposition. La couette n'avait pas un pli. Des romans policiers en édition de poche étaient classés par auteurs sur les étagères. Il y avait un ordinateur installé sur le bureau, avec un emplacement prévu pour l'imprimante. Des bics, des feutres et des surligneurs soigneusement rangés dans un pot à crayons. Des casiers en plastique étaient empilés et étiquetés. Rien ne dépassait ou ne traînait: pas une feuille, pas un dossier, pas un papier de bonbon, pas un classeur.

– Ça fait des semaines que j'essaie d'être sympa avec toi, dit-elle en faisant la moue.

– Ça ne m'intéresse pas d'être ton amie, Teresa.

– Tu sais, ça n'était pas ma faute! Je n'ai jamais voulu lui faire de mal. Je ne me sens pas coupable pour Judy.

Je la regardai avec dégoût. Que voulait-elle prouver ? Je ne lui avais jamais rien reproché. Je ne lui en avais même pas parlé. J'étais restée cloîtrée chez mes parents. Souffrante, j'avais manqué l'école pendant des mois. Lorsque j'y suis retournée, elle s'était fait de nouveaux amis et nous n'avions plus rien à nous dire.

– Ça n'était la faute de personne. Pourquoi tu voulais me voir ?

Elle se força à sourire et sembla réfléchir ; peser le pour et le contre. Finalement, elle se décida.

– J'hésitais à t'en parler. Dan n'était pas d'accord. Selon lui, ça pourrait te causer du tort et de la peine inutilement.

Surprise, je me retins de rire. J'imaginais mal « Dan » tenir un discours si mature. Teresa déglutit, puis poursuivit. Je m'adossai à la commode.

– Autant reprendre depuis le début. En août, avec Maman, Trevor et Sarah, nous sommes partis en Floride. À Disneyland.

Sa voix tremblait légèrement. Je me demandais quel était le rapport entre ses vacances au soleil et ma sœur.

– Là-bas, on a rencontré une famille d'Américains… Ils venaient de Seattle, au nord-est du pays. C'est aussi éloigné de la Floride que l'est Londres. Ils s'appelaient Holly et Rob et leur fille, Shelly. Apparemment, il fait toujours froid à Seattle, donc ils partent souvent au soleil.

Elle parlait de plus en plus vite.

- Avec Shelly, on se voyait souvent… On est devenues proches. Nous avons parlé de nos familles, de nos amis et de tout ça. Elle emporte toujours ses photos partout avec elle et me les a montrées : sa maison, son école, ses amis, son copain, sa voiture…

Elle haussa les épaules, hésitant visiblement à en dire plus.

– Donc, chaque fois qu'elle me parlait de quelqu'un, elle sortait l'album de son sac et me montrait sa photo. Toute une série avait été prise lors d'un barbecue organisé par ses parents. Il y avait beaucoup de monde sur les photos, mais Shelly m'a parlé de sa voisine. Son nom est Margaret et elle a adopté une petite fille en Angleterre. Et j'ai aussi vu sa photo.

Elle se tut et me dévisagea. Je ne voyais pas où elle voulait en venir.

– Sa fille s'appelle Judy.

Elle soutint mon regard. Qu'y avait-il à comprendre ? Apparemment, elle venait de dire quelque chose d'important qui m'échappait. La fille adoptée par la voisine s'appelait Judy. Et alors ?

– Margaret a emménagé à côté de chez eux il y a environ cinq ans. Elle avait séjourné pendant deux ans en Europe. En Angleterre, elle a adopté une enfant dont les parents et la sœur sont morts dans un accident de voiture. La petite fille a maintenant treize ans et s'appelle Judy.

Soudain, je compris. Je faillis éclater de rire.

– Attends, qu'est-ce que tu sous-entends ? Que cette femme a enlevé ma sœur pour l'emmener aux États-Unis ? C'est grotesque.

– Attends, dit-elle, attends… Je ne t'ai pas tout dit.

Elle se leva pour allumer l'ordinateur. Je l'observais, gagnée par l'indignation. Comment osait-elle me parler de cela ? Est-ce qu'elle se rendait compte à quel point c'était perturbant ? Elle agita la souris pendant que l'ordinateur s'animait, avec ses icônes, ses sons. Elle cliqua sur un dossier nommé « Mes documents » et j'attendis la suite.

– Le jour où nous sommes allés à Disneyland… Shelly m'a parlé de cette femme et de sa fille anglaise qui parlait avec un accent américain. La mère de Shelly nous a entendues et nous a raconté toute l'histoire. Ce que Shelly ne savait pas, c'est que Margaret a eu une fille, qui s'est noyée à l'âge de quatre ans. C'est là qu'elle est partie en Europe. Pour tenter d'oublier.

Elle semblait attendre que je réagisse. Elle ouvrit un document, une page de texte qui semblait être la copie d'un e-mail.

– Sur le moment, je n'y ai pas fait attention… Ça m'avait juste paru bizarre d'aller en Angleterre pour adopter. En général, les gens vont dans les pays de l'Est ou en Chine… mais pas en Angleterre. Le prénom ne m'avait pas surprise au début. Judy n'est pas un prénom extrêmement courant, mais ça n'est pas rare non plus. Bien sûr, j'ai pensé à ta sœur.

– C'est une coïncidence.

– Je sais. Et s'il n'y avait eu que ça, je ne t'en aurais pas parlé. Mais à la fac, tu es l'une des premières personnes que j'ai croisées. J'ai repensé à tout ça et à sa disparition. Puis j'ai envoyé un e-mail à Shelly.

Elle se tut, attendant ma réaction.

– Elle m'a répondu le jour même en disant : « Ça serait incroyable que ma voisine et la sœur de ton amie soient la même personne. »

– C'est absurde, ai-je répondu.

– Nous en avons discuté pendant plusieurs jours. Shelly m'a même envoyé quelques photos de cette fille pour que je l'« identifie », mais ça n'était qu'un jeu. Puis nous sommes passées à autre chose, et je n'y ai plus repensé jusqu'à ce que je regarde cette émission et que je voie cette image de synthèse de ta sœur. Elle me disait quelque chose, j'avais l'impression de l'avoir déjà vue. Ça m'a travaillée pendant quelques minutes, puis je m'en suis souvenue. Je suis tout de suite venue vérifier sur l'ordinateur.

Teresa afficha une photo montrant un groupe de personnes debout, presque toutes en short, autour d'un barbecue.

– Viens voir.

Je me rapprochai, réprimant mon exaspération.

– Voilà Shelly et sa mère. Ça, c'est Margaret, la voisine.

Elles étaient toutes bronzées, en short, avec des lunettes de soleil. L'adolescente faisait un signe en direction de l'objectif, sa mère tenait une assiette. Mais la voisine était différente. Elle portait une longue robe qui lui arrivait aux chevilles. Une femme ronde, avec de bonnes joues.

– Et ça, c'est Judy.

Teresa désigna une figure plus petite sur la gauche. Elle portait un jean déchiré aux genoux et un débardeur. Comparée aux autres, sa peau était plus pâle. Un large sourire aux lèvres, elle tenait un grand gobelet avec une paille. Aucun signe particulier en dehors de ses cheveux très bouclés, et de son teint diaphane.

– Ça pourrait être n'importe qui, lui dis-je en plissant les yeux pour mieux voir.
– Attends, j'ai une autre photo où on la voit mieux.
Elle cliqua et une autre photo apparut. Un cliché en buste, pris au même moment, toujours avec son énorme gobelet. Quelque chose chez elle me perturbait, sans que je puisse dire quoi. Teresa ouvrit un tiroir et en sortit une coupure de presse. C'était la reproduction de l'image de synthèse montrée pendant l'émission. Elle la tint près de l'écran. Les deux étaient floues, mais malgré mon agacement, je les regardai avec attention. Il y avait une légère ressemblance.
– Tu vois ? me dit Teresa, très sérieuse.
Quelque chose attira mon regard sur la photo américaine. La jeune fille portait une chaîne et, au bout, juste au-dessus du gobelet, pendait la lettre J. Interdite, je me rappelai le collier de Judy, qu'elle avait toujours à la bouche. « Ne suce pas ça, lui répétait Maman, c'est plein de microbes. »
– Tu ne trouves pas qu'elles se ressemblent ? demanda Teresa.
J'acquiesçai.
– C'est bien ce que je pensais ! Je l'ai dit à Shelly. Et si c'était elle ? Et si cette femme l'avait kidnappée dans la rue et cachée, en attendant que les choses se calment, puis l'avait emmenée aux États-Unis ?
Teresa avait pris une attitude dramatique. Elle semblait déclamer un texte. Cela m'agaçait. Je détournai le regard et vis les romans policiers, par dizaines. Elle avait passé beaucoup de temps à lire ces histoires. C'était donc cela.

Une affaire non résolue, et elle jouait au détective. Ça ne me plaisait pas du tout.

– Comment quelqu'un pourrait-il kidnapper une enfant de cinq ans et l'emmener aux États-Unis ? La police surveillait les aéroports !

– Ça n'a duré que quelques jours. Et puis, n'oublie pas que c'était un homme qu'ils cherchaient, et pas une femme.

– Comment l'aurait-elle emmenée aux États-Unis ? Il lui fallait un passeport.

– Justement ! Elle en avait un, celui de sa fille décédée.

Je me levai brusquement. Tout cela me dérangeait fortement. Si l'histoire n'avait pas été crédible, j'aurais pu l'ignorer. Mais j'étais captivée par l'image de cette adolescente, avec son énorme gobelet et son pendentif en J. L'espace d'une seconde, je voulus vraiment la connaître. Était-elle grande ? Comment était sa voix ? Et son sourire ? Quels étaient ses goûts en matière de vêtements ? À quoi aurait ressemblé ma sœur, Judy, si elle avait grandi ? Une petite bulle d'espoir gonflait en moi, et je voulais partir, me retrouver seule pour y penser.

Teresa semblait attendre ma réaction. J'entendais à l'étage au-dessous les cris d'un enfant qui jouait. C'était des cris de joie, mais ils m'insupportaient.

Toute cette histoire, cette anecdote de vacances, était invraisemblable. Au fond de moi, je le savais. C'était une jeune Américaine qui n'avait rien à voir avec ma sœur. Je reculai, me sentant stupide. Je devais sembler bouleversée parce que Teresa s'est approchée de moi et m'a tendu la main. Je ne l'ai pas prise.

– Je ne peux pas faire ça… Je ne veux pas parler de…

– Je comprends.

– Non, murmurai-je, tu ne comprends pas.

– Si, insista-t-elle, surtout depuis que Sarah…

– NON, TU NE COMPRENDS RIEN !

Choquée, elle fit un pas en arrière. Son masque de compassion tomba, laissant place à l'agressivité. Sa petite théorie n'avait pas pris, et cela l'énervait. Je sortis de sa chambre et descendis rapidement les escaliers. « Dan » était en bas, avec la petite dans les bras.

– Je l'avais prévenue que c'était une mauvaise idée, dit-il. Je lui avais dit que c'était stupide.

Je partis sans même lui répondre.

Neuf

Je me retrouvai par hasard dans Willow Drive, sous une pluie battante, balayée par le vent. Je resserrai le col de ma veste, abritant ma peau du froid. Mon visage et mes cheveux étaient trempés, mais cela m'était bien égal. Il faisait une telle chaleur chez Teresa Russell que j'étais contente de me rafraîchir.

Willow Drive était perpendiculaire à six ou sept autres rues résidentielles. On n'y trouvait ni commerce ni bar. Rien que des pavillons de brique coquets, dont les jardins empiétaient sur les trottoirs. Les rues étaient ourlées d'arbres et de voitures. C'était un quartier calme, peu fréquenté, et donc très recherché. On pouvait traverser ces rues de bout en bout sans rencontrer plus d'une ou deux personnes.

« Morne Willow Drive », avait titré l'un des journaux. Judy y avait disparu, et personne n'avait rien remarqué. Personne n'aurait pensé y croiser une fillette de cinq ans, seule, le soir. Il n'y avait que moi qui savais qu'elle s'y trouvait. Et je l'ai laissée partir, croyant qu'elle reviendrait lorsqu'elle serait calmée.

Mais une autre personne l'avait vue. Sans jamais en parler, nous y avions tous songé. Ma sœur ne s'était pas évaporée. Elle n'avait pas été enlevée par des extra-terrestres et n'était pas non plus tombée dans un puits sans fond.

Quelqu'un – un homme sans doute – l'avait trouvée puis emmenée. C'était aussi simple que cela.

Au fond, j'en eus conscience dès les premiers jours. Ces mots qu'on ne prononçait jamais étaient pourtant là : dans les yeux et sur les lèvres de mes parents, dans les regards qu'échangeaient Beth et Rob, les deux policiers. Lorsque le téléphone sonnait, ou lorsqu'on frappait à la porte : tous ces bruits, bien que normaux, annonçaient le danger.

J'en eus la certitude lorsqu'ils me montrèrent les photos de tous ces hommes. Ma camionnette rouge semblait coller si parfaitement à leur vision des choses. Il fallait un véhicule. Sans cela, comment aurait-on pu enlever et faire disparaître une petite fille ? La police s'était avidement jetée sur mon indice. Pourquoi pas une camionnette ? Il n'y avait qu'à ouvrir la porte arrière et pousser l'enfant à l'intérieur. Peut-être l'avait-il assommée avant. Peut-être l'avait-il bâillonnée en lui disant : « Sois sage, et je ne te ferai pas de mal. »

Je demeurais immobile, sous la lumière jaunâtre d'un lampadaire qui éclairait le fin rideau de pluie. Le souffle court, je n'étais plus capable de faire un pas. À mes pieds, le trottoir humide s'était changé en une mare sombre, huileuse, et je ne pouvais me résoudre à avancer ou à faire demi-tour. Figée, la panique s'empara de moi comme d'un animal blessé. Venue du plus profond de moi, la peur serpentait entre mes côtes.

Ça n'allait plus. Je pris de grandes inspirations et me forçai à compter jusqu'à vingt. J'entrepris ma curieuse gymnastique, qui consistait à tendre les bras. Je ne devais pas imaginer ce qui avait pu se passer. Je refusais de m'aventurer sur ce terrain. Pam m'avait prévenue de faire marche arrière, de m'en éloigner. « N'y pense pas Kim, disait-elle. Personne ne peut savoir ce qui est arrivé. »

– Est-ce que tout va bien ?

Une voix me fit sursauter. C'était une femme qui se dirigeait vers sa voiture. Dans ses bras, un petit chien me regardait avec des yeux curieux.

– Oui, oui, me forçai-je à répondre, j'aurais dû prendre un parapluie.

Je repris mon chemin, tête baissée, la relevant de temps à autre pour éviter les obstacles. Je m'obligeai à me rappeler Judy avant sa disparition, le jour où nous avions adopté Toby.

C'était l'anniversaire de mon père. Une belle journée de juillet où le jardin était plein de monde : des amis de mes parents, Jeff et Rosie, moi et Judy. Ils avaient fait un barbecue, je m'en souvenais. Papa ne supportait pas la fumée, mais il avait tout de même insisté pour s'en occuper. « C'est un travail d'homme, disait-il. Les hommes font les barbecues, c'est l'instinct préhistorique. » Maman s'était moquée de lui. Judy, à deux ou trois ans, était une petite catastrophe ambulante qu'il fallait constamment surveiller. Alors que nous étions à table, la sonnette retentit.

– Voilà le cadeau de Papa ! murmura Maman, tout excitée. Elle se leva, nous laissant là : Papa, avec sa spatule et sa fourchette, et nous, sur nos chaises, à attendre les grillades. Jeff avait pris Judy sur ses genoux et lui lisait une histoire. Elle voulait absolument boire de son whisky, qu'il tenait en l'air, hors de sa portée, en riant.

Un chiot déboula en trombe sur la pelouse, remuant frénétiquement la queue. Il courut jusqu'au fond du jardin, puis revint vers nous, zigzaguant entre les gens et les sièges. Judy se dégagea des bras de mon oncle et partit à sa poursuite. Mon père n'en croyait pas ses yeux.

– Tu es content ? demanda ma mère en l'enlaçant.

Il était ravi, à l'évidence, et allait lui répondre lorsque le chien frôla Judy et la fit basculer à la renverse dans les rosiers. Elle se mit à crier, et tout le monde se rua vers elle. Elle avait plusieurs égratignures, de longues rainures écarlates sur les bras. Nous avons dû la consoler un long moment et, pendant des jours, elle n'osa plus s'approcher de Toby.

Je souris en y repensant. C'était tout Judy. Il fallait toujours qu'elle attire l'attention. Je levai la tête et remarquai des lumières étranges un peu plus loin dans la rue. Malgré la pluie, je distinguai des voitures de police garées, les gyrophares éteints. En me rapprochant, j'aperçus à travers une toile de tente blanche, tendue au-dessus d'un jardin, une lueur blafarde. Puis je compris.

On avait retrouvé le pull rose de Judy dans un jardin de cette rue. Comment avais-je pu l'oublier ? J'arrivai à la hauteur de l'un des véhicules. Un seul policier était à l'intérieur, sur le siège du passager. Les veilleuses étaient allumées et, de temps à autre, les essuie-glaces se mettaient en marche.

Immobile, sous la pluie, je devais avoir l'air suspecte. Il me fit signe de circuler, mais je ne bougeai pas. Je regardais le jardin, recouvert de cette toile frêle. J'aperçus quelques ombres à l'intérieur ; peut-être abritait-elle une ou deux personnes. Je me demandai s'ils creusaient toujours, comme des archéologues, pour reconstituer le passé. La portière de la voiture s'ouvrit. Je m'éloignai aussitôt et rentrai chez moi.

Au fond, c'est ce qu'on essayait de faire, depuis huit ans : assembler les pièces du puzzle. Même Teresa Russell avait tenté de le faire. Je songeai à cette Américaine. Elle était brune, avec de bonnes joues. Qu'est-ce que Teresa s'imaginait ? Que cette femme s'était trouvée dans Willow Drive et avait vu une fillette, sortie de nulle part ? Je secouai la tête. Qu'elle avait rencontré par hasard une enfant sur son chemin ? Impossible. C'était, de toute façon, invraisemblable.

En arrivant chez moi, je me rendis compte que j'étais trempée. L'eau ruisselait le long de ma veste et de mes cheveux. La porte s'ouvrit avant même que j'aie frappé.

– Kim, où étais-tu ? J'étais tellement inquiète.

Ma mère se tenait sur le pas de la porte, et m'attira vers l'intérieur.

– Tu es trempée. Qu'est-ce que tu fabriquais ?

– Je suis allée prendre l'air, répondis-je sans donner plus de détails.

Elle m'aida à retirer ma veste et demanda à mon père d'apporter une serviette. Vingt minutes plus tard, j'étais sur le canapé, enveloppée dans un peignoir de bain. Je mastiquais lentement mon toast beurré. Tous les visiteurs étaient partis, et la pièce semblait étrangement vide. C'était curieux : d'habitude, il y avait toujours quelqu'un, au moins Tante Rosie.

La douceur de l'éponge contre ma peau et la saveur fondante de la tartine étaient agréables. Je n'avais pas réalisé que j'avais faim. Mes parents, assis côte à côte, me regardaient. Maman caressait affectueusement la jambe de Papa.

J'étais heureuse de me trouver là. Dans cette pièce, à l'abri de la pluie, loin de cette maison de Willow Drive, loin de Teresa Russell et de son idée saugrenue. J'aurais pu me laisser aller dans le fauteuil, fermer les yeux et simplement m'endormir, sous le regard protecteur de mes parents. Je sentais mes membres se relâcher et s'engourdir.

– L'inspecteur Robbins nous a donné de nouvelles informations, dit ma mère.

Je levai la tête. Mon sentiment de bien-être se dissipa.

– Ils en savent plus sur les gens qui habitaient la maison il y a huit ans. Elle appartenait à une vieille dame, placée en maison de retraite. Son fils la louait pour payer sa pension. Lorsque Judy a disparu, la maison était en location pour six mois. Le couple qui l'occupait est parti environ un mois après.

Ma mère nous racontait tout cela de manière très professionnelle, j'en étais convaincue. Elle n'omettait aucun détail. D'un signe de tête, je fis semblant d'être concernée. J'aurais peut-être dû faire semblant d'être ravie.

– Selon les voisins, le jardin était dallé à l'époque. La vieille dame est morte depuis longtemps et son fils vit à l'étranger. La police tente de le retrouver pour savoir qui avait loué la maison.

– Alors, on ne les a pas retrouvés, dis-je en réajustant le peignoir et en serrant la ceinture le plus possible.

– Non, répondit mon père. Tout ce qu'on sait, c'est que la femme était américaine et qu'elle a ensuite voyagé à travers l'Europe. On ignore tout de lui.

– La police en apprendra vite davantage, assura Maman.

Une Américaine… J'avais envie d'éclater de rire.

Dix

Deux jours plus tard, je n'avais toujours pas appelé Teresa. Ni personne d'autre, d'ailleurs. Je prétextai être indisposée et me sentir fatiguée pour rester à la maison, principalement dans ma chambre. Mon père et ma mère n'avaient rien remarqué. Au commissariat, ils avaient identifié le pull rose. C'était celui de Judy, ils en étaient certains. La police les avait prévenus : c'était un modèle fabriqué à des milliers d'exemplaires, et il valait mieux ne pas trop y croire. Mes parents ne tinrent pas compte du conseil. J'entendais leurs conversations animées : ils parlaient de Judy.

En me réveillant, le vendredi matin, j'étais toujours aussi troublée par la révélation de Teresa Russell. J'avais tenté de me convaincre qu'il ne s'agissait que de coïncidences, que cette histoire était aussi branlante qu'un château de cartes, prête à s'effondrer au moindre mouvement. Mais je ne pouvais oublier le pendentif de l'Américaine : le J doré. Judy portait le sien le jour de sa disparition. Le revoir, huit ans après, m'avait fait un choc. La chaîne était trop grande pour le petit cou de Judy et elle tirait sans arrêt dessus, soit pour mettre le J à la bouche, ou simplement pour le regarder. Le voir ainsi, sur cette photo, était pour moi comme un signe, un présage même. Ma sœur était en vie, dans un autre pays. Au fond, je voulais tellement y croire. Comme tout le monde.

Je tombai sur le répondeur de Teresa et laissai un message, délibérément court :

– C'est Kim. Tu peux apporter tout ce que tu as sur cette jeune Américaine ? J'aimerais revoir ça de plus près. Je serai à la fac vers dix heures.

Je me suis habillée, j'ai pris mes affaires, puis j'ai appelé Claire pour lui demander de passer me chercher. Vingt minutes plus tard, son klaxon retentit et je me dirigeai vers la porte. J'allais dire au revoir à ma mère, mais je l'entendis parler au téléphone dans l'arrière-cuisine. À l'étage, l'imprimante ronronnait. C'était sûrement Papa. Peut-être rédigeait-il la lettre d'information d'Enfants perdus. Je sortis donc sans un mot.

– Tu vas mieux ? demanda Claire alors que je montais dans la voiture. Je fis signe que oui. Elle fit grincer la boîte de vitesse en repartant. Une odeur très forte, comme du white-spirit, emplissait la voiture. À l'arrière, je remarquai un sac informe rempli de linge sale, probablement sa lessive en attente. Claire anticipa ma question.

– C'est mon étude pour mon cours de nature morte.

Elle avait la voix légèrement éraillée et le visage bouffi de larmes.

– Est-ce que tout va bien ?

Je m'en voulais. J'étais tellement empêtrée dans mes propres problèmes que je ne faisais même plus attention aux autres.

Elle haussa les épaules.

– Maman pique une crise. Mon père veut qu'elle vende la maison. Il a besoin d'argent. D'après Freddy, elle n'y est pas obligée tant que je n'ai pas fini mes études, mais Papa est vraiment fauché.

Freddy, c'était l'informaticien, le petit ami de sa mère. Cela l'arrangeait sans doute de vivre chez elle. Le père de Claire, lui, louait une chambre minuscule et faisait un maximum d'heures supplémentaires. C'était sans issue. Je me retournai vers la nature morte. J'imaginais déjà une pile improbable d'objets de tous les jours : des chaussures, des brosses, des bibelots, des paquets de céréales, tous curieusement figurés. Connaissant Claire, elle modifierait sans doute les perspectives, rendant certaines choses énormes et menaçantes et d'autres insignifiantes.

Tout cela me dépassait.

– Tu as de la chance. Tes parents sont toujours ensemble.

Venant de sa part, ça ne m'avait pas choquée. Le mot « chance » ne convenait pas vraiment à ma famille. Mais je compris ce qu'elle voulait dire. Papa et Maman étaient proches, c'est vrai. Après Judy, ils furent d'abord unis dans le chagrin, puis par l'association. Aujourd'hui, c'était Maman qui s'occupait de tout, et Papa ne faisait plus grand-chose, mais ce lien existait encore entre eux.

– Généralement, ça s'arrange sur le long terme, dis-je, et je réalisai immédiatement la portée dérisoire de mes mots.

Claire hocha la tête et sourit. En arrivant, je l'aidai à porter ses affaires jusqu'au département d'arts plastiques, puis je partis à la recherche de Teresa Russell.

Je la trouvai à la cantine et, pour une fois, elle était seule. À ses pieds gisaient un sac de voyage et un sac à dos assortis.

– Salut ! lança-t-elle, hésitante.

– Je suis désolée de m'être énervée l'autre soir. J'étais un peu perturbée.

– Ça ne fait rien. Je comprends. Ça a dû te faire un choc ?

– Est-ce que tu pars pour quelques jours ? demandai-je, changeant de sujet.

– Un week-end d'intégration. C'est dans le cadre de mes cours de commerce. On va faire de l'escalade, de la descente en rappel, de la spéléo. Dan me fait une crise. Il pense que je vais tomber amoureuse d'un des guides, susurra-t-elle d'un air mutin, ravie rien qu'à l'idée.

– Est-ce que tu m'as tout apporté ? demandai-je sur un ton détaché.

– Voilà, j'ai tout trié. Elle sortit une pochette plastique de son sac, les photos et les e-mails. Ah ! et en voilà un autre. Shelly me l'a envoyé hier soir, mais je pense que ça n'a plus vraiment d'importance.

– Comment ça ?

– Maman m'a dit qu'on avait retrouvé le pull de Judy dans un jardin de Willow Drive. Donc mes théories concernant l'Américaine tombent à l'eau.

Je souris, sans rien laisser paraître. En prenant l'enveloppe, j'éprouvai l'envie de l'ouvrir immédiatement.

– L'affaire sera bientôt résolue s'ils retrouvent… autre chose, continua Teresa qui évitait mon regard en observant la cantine.

– C'est sûr.

Et voilà, elle n'était plus intéressée. Son enthousiasme avait duré quelques jours, comme un pêcheur qui espère ferrer un gros poisson. Mais ma réaction et la découverte du pull rose l'avaient découragée, et sa frétillante idée lui avait échappé.

Des voix derrière elle attirèrent son attention. Deux filles et un garçon venaient d'entrer, eux aussi avec des sacs de voyage. Son expression changea ; arborant maintenant un large sourire, elle bomba le torse.

– Je te laisse, dit-elle. Tu peux contacter Shelly, si tu veux. Elle est très sympa.

Elle sautilla presque à travers la cantine pour les rejoindre. Je palpai le paquet qu'elle m'avait remis. Il fallait à tout prix que j'en examine le contenu. Je filai à la bibliothèque et m'installai à une table à l'écart. J'étalai mes documents.

Les images imprimées en noir et blanc étaient floues et granuleuses. J'observai, côte à côte, la photo du journal et celle de la jeune Américaine. Il y avait une ressemblance, mais elle n'était pas frappante. En lisant les e-mails de Teresa et de Shelly, je compris qu'elles s'étaient vite emballées. Dans l'avant-dernier, Shelly faisait preuve de beaucoup d'imagination.

Et donc, Margaret n'avait plus qu'à cacher la gamine pendant quelques jours. Elle lui a peut-être fait prendre des somnifères. Lorsqu'elle s'est réveillée, elle a pu lui raconter que ses parents avaient eu un accident. Elle lui a peut-être dit : « Ne t'en fais pas, je suis ta tante d'Amérique, et ton papa et ta maman ont dit que tu pourrais vivre avec moi. » Une gamine de cinq ans ne va pas chercher à contredire une adulte.

Je passai au message le plus récent, qu'elle avait envoyé le jeudi soir, après que je sois partie. En tête se trouvait l'e-mail de Teresa, qui demandait davantage de détails.

Shel,

Essaye de récupérer quelques indices. Parle avec la petite et vois si elle se souvient de sa sœur. Assure-toi que Margaret n'est pas dans le coin. Il ne faut pas qu'elle s'aperçoive qu'on la soupçonne.

Gros gros bisous.

Tessa

Je levai les yeux au ciel en lisant ces termes affectueux, puis repris ma lecture.

Chère Tessa,

J'ai fait comme tu as dit. J'ai emmené Judy prendre un soda et nous avons discuté. Je lui ai demandé si elle se rappelait quelque chose de Londres, prétextant que j'avais un exposé à faire. Elle m'a répondu que non. « Je n'avais que cinq ans quand ma famille a eu l'accident. » Je me suis sentie coupable, j'avais l'impression de la perturber. Mais au bout d'un moment, elle m'a dit : « Je ne me rappelle presque rien de cette époque. Sauf mon chien. »

J'écarquillai les yeux. Cette Judy se souvenait donc d'un chien.

Elle dit qu'il était gros et baveux. Elle l'adorait, mais ne se souvient pas de son nom. Il avait de longs poils bruns, peut-être avec des taches blanches. Mais elle est certaine qu'il avait de grandes oreilles. Je vais continuer à creuser.

Gros bisous à toi aussi.

Shelly

Je relus la description. Un gros chien. Marron et blanc, avec de grandes oreilles. Il pouvait s'agir de Toby. Il n'était pas particulièrement gros, mais Judy était jeune quand nous l'avons eu et n'avait que cinq ans lorsqu'elle disparut. Il lui paraissait sans doute énorme.

La bibliothèque s'était remplie d'étudiants, qui murmuraient tout en s'assurant que les employés ne les voyaient pas. Je fis un signe à quelques personnes qui étaient en cours avec moi, mais remarquai qu'elles s'installaient le plus loin possible. Je les mettais mal à l'aise. Peut-être parce que je n'avais pas les mêmes problèmes qu'elles, comme le sexe, les garçons, la drogue ou les petits boulots. Ça ne m'intéressait pas, voilà tout. C'est pour cela que je m'entendais bien avec Claire. Elle n'exigeait rien de moi. Nous suivions simplement notre bonhomme de chemin ensemble : elle noyait ses soucis familiaux dans l'art, et moi, je faisais des allers-retours incessants dans le passé.

J'examinai à nouveau les e-mails et les photos. Fallait-il les montrer à quelqu'un ? À la police ? À mes parents ?

Je les imaginai apprenant la nouvelle. Leur expression d'abord incrédule puis, l'espace d'un instant, pleine d'espoir et, finalement, méprisante. Au fond, qu'avais-je comme preuve ? Une fille de treize ans à l'autre bout de l'Atlantique qui ressemblait vaguement à une image de synthèse. Elle était anglaise, sa famille avait péri dans un accident et une Américaine l'avait adoptée. Et maintenant, elle se rappelait d'un chien comme Toby. De l'autre côté de l'Atlantique, nous avions retrouvé son pull rose sous le dallage d'un jardin. Un dallage fait à l'époque où un couple d'Américains habitait la maison.

Les liens étaient ténus, comme des fils tendus au-dessus de l'océan. C'est ce qu'ils me répondraient tous. Pour eux, cela reviendrait à repérer une petite fille dans la rue et à la suivre, à attendre en vain devant chez elle, à espérer en dépit du bon sens qu'elle soit ma sœur. Était-ce encore mon imagination ? L'illusion d'avoir à nouveau retrouvé Judy ? Je pensai à Pam, à ce qu'elle en dirait. Elle aurait secoué doucement la tête, puis expliqué les symptômes. « Il s'agit d'une projection de tes espérances. Tu voudrais que ta sœur réapparaisse dans ta vie. Il faut que tu réussisses à renoncer. »

Mais je n'étais plus la seule à le croire. Teresa Russell l'avait vue. Cette Shelly, elle aussi, avait fait le rapprochement. « Et si c'était la même fille ! » avait-elle dit dans l'un des e-mails.

Était-ce plausible ? Ma sœur vivait-elle à Seattle ? Je pris le tas de papiers et de photos et le serrai contre ma poitrine. Sans doute la bibliothécaire m'avait-elle vue, car elle s'est approchée et m'a demandé : « Tout va bien, Kim ? »

Elle connaissait mon prénom. La rançon de la gloire : avoir une sœur disparue. Tout le monde savait qui j'étais. Je hochai la tête, rassemblai mes affaires et partis.

Onze

En rentrant, je montai directement dans le bureau et allumai l'ordinateur. La maison, sans mes parents, était étrangement silencieuse. Au moins, je n'aurais pas besoin de mentir. J'ouvris la messagerie, tapai l'adresse de Shelly et composai mon message.

Bonjour Shelly,

C'est Teresa Russell qui m'a donné ton e-mail. J'espère que ça ne te dérange pas. J'ai suivi ton échange de messages avec Teresa, et votre histoire m'intéresse. Non que je sois convaincue par vos théories, mais elles m'intriguent. Pourrais-tu en apprendre un peu plus sur cette jeune fille ? Lui parler de l'accident de sa famille ? Savoir où et quand cela s'est produit ? Pourrais-tu aussi lui demander son véritable nom de famille ; ou si elle a des photos de ses parents ? Sa mère adoptive doit sûrement en avoir !

Je m'interrompis. Ma dernière phrase me paraissait trop désespérée. Je la modifiai.

Sa mère adoptive en a peut-être. Je te remercie de la peine que tu te donnes, même si au fond, comme je l'ai dit, je doute que ta voisine...

Je voulais taper « soit ma sœur », mais je n'y arrivais pas. Je corrigeai :

ait un lien quelconque avec moi ou ma famille.
Kim Hockney

Je cliquai sur « Envoyer » et m'enfonçai dans mon siège, tendue, les épaules nouées. Je me levai et examinai la pièce, promenant mon regard sur les étagères, la photocopieuse, le fax. Les affiches de l'association Enfants perdus étaient accrochées aux murs, avec les calendriers indiquant les dates importantes, ainsi que des coupures de presse. Aucune ne concernait ma sœur. On n'affiche pas les articles sur la disparition de son enfant. D'ailleurs, il n'y avait plus rien de Judy dans cette pièce, qui avait pourtant été sa chambre.

À cette époque, le papier peint était rose, avec des personnages de dessins animés. Ses jouets en mousse étaient posés sur les étagères et la vieille maison de poupée de ma mère était installée dans un coin. Elle m'avait d'abord appartenu, mais dès qu'elle fut assez grande pour y jouer, Judy la réclama. Je n'en voulais plus, ça m'était égal qu'elle la prenne. Elle inventait souvent des histoires, à voix haute, et déplaçait les petits personnages d'une pièce à l'autre. Elle parvenait à s'amuser seule pendant environ une demi-heure, mais rien ne lui faisait plus plaisir que de partager son jeu. Toujours occupée à lire, à écrire ou à discuter au téléphone avec Teresa, je n'avais jamais le temps de jouer avec elle.

Les premiers mois suivant sa disparition, j'allais m'allonger sur son lit, parmi ses jouets en mousse. La tête sous la couverture, j'inspirais profondément, certaine de pouvoir encore y sentir son odeur. Une odeur de bonbon, ces bonbons à la fraise qui collent aux dents. Ce parfum s'évaporait en quelques instants, et j'étais de nouveau seule, agrippée au tissu.

Un jour, en rentrant de l'école, j'ai trouvé sa chambre complètement dépouillée. En voyant ce plancher nu, ces murs dégarnis, ces fenêtres sans rideaux, j'ai chancelé, puis pleuré pendant des heures. Papa et Maman s'étaient ensuite expliqués. Ils voulaient que sa chambre soit utile. Elle servirait à l'association, afin que Judy reste dans l'œil des médias, et permettrait d'aider d'autres familles en même temps.

« Toutes ses affaires importantes, avaient-ils dit, sont au grenier. »

La pièce servait maintenant de bureau, d'espace de travail, où l'on pianotait sur un clavier d'ordinateur, où l'on parlait au téléphone. Il n'y avait plus aucun souvenir de ma sœur. Pas même sa maison de poupée, qu'on avait définitivement rangée.

Entendant du bruit en bas, je sortis dans le couloir. Quelqu'un avait refermé la porte d'entrée. Sans doute Papa ou Maman, pensai-je, mais c'est la voix de ma tante qui me parvint.

– Il y a quelqu'un ?

– Je suis là.

Je la trouvai au bas des escaliers, se frottant les mains au-dessus du radiateur. Son manteau était mouillé. Je ne m'étais pas aperçue qu'il pleuvait.

– Je suis contente de te voir, dit-elle ; je voulais te parler. Que dirais-tu d'une tasse de thé ?

Ma tante me précéda dans la cuisine. C'était une femme assez forte, trop lourde pour sa taille, mais vive et énergique. Bien qu'elle soit de cinq ans l'aînée de ma mère, elle n'avait pas son assurance. Lorsque Maman prenait la parole lors des réunions, Rosie restait muette, agitant furieusement ses aiguilles à tricoter, opinant seulement du chef de temps à autre. Elle était intimidée en public et se contentait d'approuver ce que disait mon oncle Jeff. C'est parmi les plantes et le compost qu'elle se sentait le mieux, avec les ongles noircis, les bras et les jambes recouverts de terre. Lorsqu'elle ne s'occupait pas de la pépinière ou de la maison, elle vendait les pulls qu'elle tricotait pour des associations caritatives.

Je préférais la voir en famille, plus détendue.

Elle s'affaira dans la cuisine, entre la bouilloire et les placards, pour préparer le thé. Elle me demanda des nouvelles de la fac et de Claire, mon « amie si gentille », tout en virevoltant avec aisance dans la pièce. Cela n'avait rien de surprenant, elle s'y sentait comme chez elle.

Rosie et Jeff n'avaient pas choisi de ne pas avoir d'enfant. Elle avait fait une fausse couche, peu après la disparition de Judy. Tout le monde y voyait un rapport, mais selon Rosie, c'était un accident, aussi imprévisible qu'inéluctable. Depuis, personne n'avait prononcé le mot « grossesse » ni « bébé ». Rosie disait souvent qu'au fond, elle était trop occupée avec Jeff à la pépinière pour y penser. Même avant la disparition de Judy, elle était très proche de Maman et nous rendait souvent visite à l'improviste, les bras chargés de fleurs en pot, pensées ou impatiens, de sacs de terreau ou de suspensions. Notre jardin était toujours fleuri.

Lorsque Judy a disparu, mon oncle et ma tante nous ont beaucoup entourés. Plusieurs mois durant, ils sont venus chez nous, offrant un soutien permanent à Papa et Maman. Pendant cette période, ils avaient confié la pépinière à leur employé, un vieil homme du nom de Frank Lewis. Puis il y eut la fausse couche de Rosie et, le printemps suivant, la crise cardiaque de Jeff. Leur affaire s'effondrait. C'était à mes parents qu'on avait enlevé Judy, mais Rosie et Jeff semblèrent s'écrouler avec eux. Maman leur donna un double des clés pour qu'ils puissent venir aussi souvent qu'ils le voulaient. Ils s'impliquèrent dans l'association et passèrent presque autant de temps chez nous que chez eux. Aujourd'hui, ce n'était plus le cas, même si leurs visites, surtout celles de ma tante, étaient fréquentes. Mon oncle, lui, s'était employé à remonter son affaire.

– Est-ce que ça te dirait de venir passer quelques jours à la maison pendant les vacances de Noël ? Avec tout ce travail, nous aurions bien besoin d'un coup de main. Tu pourrais gagner un peu d'argent.

Rosie versa l'eau frémissante dans la théière. Plus personne dans mon entourage ne le préparait ainsi. Mes parents et moi nous contentions de thé en sachet.

– Qu'en penses-tu ? dit-elle, ravie.

La maison de mon oncle et de ma tante était agréable et j'y avais de bons souvenirs. Au fil des années, les terres attachées à cette ancienne ferme avaient été vendues et ils achetèrent ce qu'il restait du domaine : la bâtisse et cinq hectares de terrain. La cuisine était vaste, avec un sol en pierre et une immense table de bois. Une large fenêtre donnait sur le parking de la pépinière et les grandes serres où ils conservaient leurs stocks. Il y avait une petite boutique attenante à un bureau et, lorsqu'un client entrait, ils le recevaient derrière le comptoir. Parfois, alors que nous prenions le thé dans la cuisine et qu'une voiture arrivait, nous faisions la course jusqu'à la boutique. Les affaires ne marchaient pas vraiment bien, mais c'était bon d'être là-bas.

– Mais, Papa et Maman... ?

– Ils peuvent venir te chercher pour le soir de Noël. À vrai dire, tu me rendrais bien service. Jeff est d'une humeur exécrable en ce moment. Il est question qu'un supermarché s'implante dans le coin, avec un grand rayon jardinage. Jeff n'en dort plus. Oh ! dire que je me plains. Comment comparer nos petits soucis avec...

Elle ne finit pas sa phrase. C'était toujours comme ça : quels que soient les ennuis des autres, nos problèmes étaient plus importants. J'étais navrée pour elle. Oncle Jeff n'était plus lui-même ces temps-ci. J'acceptai d'un signe de tête. Pourquoi ne pas aller passer quelques jours chez eux ? J'avais le temps d'y réfléchir, Noël était encore loin.

– Je pourrais t'apprendre à conduire, dit Rosie en me tendant une tasse de thé. Tu disais vouloir passer ton permis.

Je relevai la tête. C'est vrai, je voulais conduire. La pépinière était à l'écart, et il y avait des sentiers le long des serres. Je pourrais y apprendre les bases sans me soucier de la circulation.

– On fera ça à la pépinière, évidemment, mais il y a aussi ce vieux terrain d'aviation à l'abandon, quelques kilomètres plus bas. Nous pourrions y aller.

– Oui, c'est une idée.

Je m'imaginais déjà derrière le volant.

– Avec tout ce chamboulement… concernant Judy… On s'est dit que le changement d'air te ferait du bien.

Il avait fallu qu'elle en parle. Pendant quelques minutes, j'avais sorti Judy de mon esprit. Je m'étais imaginée à la campagne, dans un paysage gelé, peut-être enneigé, à Noël. Nous aurions vendu des sapins et j'aurais commencé la conduite. Le séjour banal d'une nièce chez son oncle et sa tante.

Mais c'était autre chose : un plan pour me tenir à l'écart, au cas où les découvertes dans le jardin de Willow Drive deviendraient plus macabres. On me déplaçait avec précaution, comme un objet de porcelaine qui pourrait se briser. Mes parents étaient derrière tout cela, sans doute. « Il vaudrait mieux éloigner Kim… »

J'entendis la porte d'entrée s'ouvrir, et les voix étouffées de Papa et Maman. Ils parlaient doucement et mon père semblait légèrement enroué.

– Nous sommes là ! claironna Rosie.

Ils entrèrent dans la cuisine, la mine triste. Ils n'avaient pas enlevé leurs manteaux, constellés de gouttes de pluie.

– Des nouvelles ? demanda ma tante en sortant deux autres tasses du placard.

Maman secoua la tête et s'assit sur une chaise. Elle paraissait fatiguée et avait les traits tirés. Je la trouvais trop maigre. Papa déboutonna son imperméable et prit une grande inspiration.

– Ils attendent toujours les rapports d'expertise concernant le pull. Ils nous appelleront si l'ADN correspond.

– Ils vont appeler, dit ma mère. Je le sens. C'est le pull de Judy. Tout correspond. Elle se trouvait dans la même rue et…

J'imaginai soudain ma sœur, immobile dans Willow Drive. Il faisait nuit, et elle ne savait plus où aller. Elle avait pu se tromper de chemin et se retrouver dans l'allée d'un jardin. Ils n'ont jamais retrouvé sa trace. La porte d'une maison a pu s'ouvrir et l'engloutir. Celle de l'Américaine, par exemple. Je pianotais nerveusement sur ma tasse de thé. Cette femme était peut-être à sa fenêtre et avait aperçu la petite fille. Elle était sortie et l'avait persuadée de l'accompagner. « Viens, on va se mettre au chaud et je vais appeler ta maman. » Judy aurait très bien pu la suivre, tout en lui racontant d'une voix plaintive que sa grande sœur et son amie n'avaient pas voulu jouer avec elle.

Papa et Maman étaient assis face à face et leurs visages exprimaient une profonde inquiétude. Rosie continuait son bavardage pendant qu'elle lavait la théière.

Comment leur dire : « Et si Judy était en vie, aux États-Unis ? » J'avais presque ouvert la bouche pour prendre la parole.

– Ce qui ne colle pas, dit ma mère, c'est la camionnette rouge. La police pensait – et pense toujours – que c'était une piste importante.

– S'ils parviennent à faire le lien entre le véhicule et la maison, répondit Papa, on tiendra vraiment quelque chose.

Je fermai les yeux et je fus de retour dans Willow Drive. Je scrutais la rue sombre. Et soudain, rutilante dans la nuit noire, comme un mirage au milieu du désert, la camionnette rouge apparut, roulant dans ma direction. Combien de fois avais-je rêvé de cela ? Combien de fois avais-je voulu me persuader que je l'avais vraiment vue ? Mais je ne l'avais pas vue. Il suffisait que j'ouvre les yeux pour qu'elle s'évanouisse.

Je ne dis rien. Je les laissai là et rejoignis l'ordinateur. Je le rallumai et ouvris la messagerie. Je tapai mon mot de passe et scrutai nerveusement l'écran, tapotant impatiemment sur le clavier. Au bout de quelques secondes, « Pas de nouveau message » s'afficha.

C'était encore trop tôt, évidemment. Je me sentis stupide. J'éteignis l'ordinateur et retournai dans ma chambre.

Douze

Cette nuit-là, je me réveillai sans pouvoir me rendormir. Ma couette paraissait peser des tonnes. Je me débattis pendant un long moment, puis finis par me lever, bien décidée à monter au grenier.

Je m'assurai d'abord que toute la maison était endormie. Les radiateurs étaient gelés, et je jugeai plus prudent d'enfiler mon jogging, des chaussettes et ma robe de chambre. Il devait faire froid, là-haut. Je me glissai sur la pointe des pieds jusqu'à la porte donnant sur les escaliers du grenier. Je montai les marches avec précaution, craignant qu'elles ne grincent. Tâtonnant le long du mur, je gravis la dernière volée.

Arrivée en haut, je me tins immobile; attentive au moindre son. Tout était calme à l'étage inférieur. Sans allumer, je laissai mes yeux s'habituer à l'obscurité. La pleine lune donnait au parquet une teinte bleutée. Le sol était lisse et l'odeur du bois et du plâtre neufs flottait encore dans l'atmosphère, huit ans après. Mais mon imagination me jouait peut-être des tours. Depuis que je voyais Pam, je n'étais plus revenue au grenier.

On y avait entreposé davantage de choses. Plusieurs cartons – des archives d'Enfants perdus, pour la plupart – étaient entassés contre le mur, à côté de chaises pliantes et de piles de livres. Il y avait aussi les vieux fauteuils de la salle à manger et un canapé qui n'était plus tout jeune. Je m'approchai de l'une des petites lucarnes qui donnaient sur la rue. Les cadres des fenêtres n'avaient jamais été peints et avaient gardé un aspect neuf. Je tournai l'espagnolette et ouvris la fenêtre. Le froid piquant qui s'engouffra dans la pièce me fit frissonner et cligner des yeux. Je me penchai pour observer la rue et la cime des arbres qui bordaient le trottoir. À intervalles réguliers, les lampadaires ressemblaient à des sucettes géantes. À travers les feuilles, on distinguait les toits des voitures. Il y avait aussi une camionnette ; mal garée. Elle n'était pas rouge, mais d'une couleur claire.

J'avais souvent essayé de leur dire, pour la camionnette. D'abord, j'étais soulagée que la police ne l'ait pas retrouvée. À neuf ans, presque dix, j'avais conscience de mon terrible mensonge. Après des recherches acharnées, de nombreuses personnes avaient subi des interrogatoires, et un homme avait passé toute une nuit en cellule. J'espérais qu'ils abandonneraient. J'avais tenté de rectifier mes dires : « Peut-être qu'elle n'était pas rouge ? Ou peut-être l'avais-je vue à un autre moment ? J'avais confondu avec un autre jour, une autre camionnette. Peut-être même que c'était une voiture rouge, et pas une camionnette ; et les lettres pouvaient être E et B, et pas X et P. »

« Non », insistaient les policiers. Je devais faire confiance à mes souvenirs. Je doutais de moi parce qu'ils ne l'avaient pas encore retrouvée, voilà tout. Et le fait que le conducteur de ce véhicule ne se soit pas spontanément présenté corroborait mon témoignage et le lien avec la disparition de ma sœur. Cela prouvait qu'il était impliqué. Il savait que la police les cherchait, lui et sa camionnette. S'il n'avait rien à se reprocher, pourquoi n'allait-il pas voir la police ?

« Non, disaient-ils, la camionnette rouge est l'indice le plus important. »

J'aurais pu tout avouer ; à n'importe quel moment, tout raconter. Mais à mesure que les semaines et les mois s'écoulaient, mon histoire imposa sa propre vérité. Peut-être y avait-il vraiment une camionnette. Comment aurais-je pu inventer une chose pareille ? J'aurais tout à fait pu en voir une et enfouir ce souvenir dans mon subconscient. La première année, je me suis persuadée que c'était vrai. Cela arrangeait tout le monde.

Mais au premier anniversaire, le jour où j'ai suivi la fillette dans le parc, lorsque mon père et la police ont dû m'obliger à la lâcher, je compris que j'avais menti. C'est là que je suis tombée malade et que j'ai manqué l'école. On croyait à une crise post-traumatique. C'était autre chose. Cette horrible vérité se tortillait en moi comme un serpent venimeux. J'ai alors accepté d'aller voir une psychologue, Pam. Je pensais qu'avec le temps, elle pourrait le charmer, le faire sortir, et ainsi me libérer.

Mais je n'ai jamais pu le lui avouer ; pas plus qu'aux autres. Ce mensonge enfantin, bien intentionné, était gravé dans ma chair.

Je m'éloignai de la fenêtre et jetai un œil au fond de la pièce. C'était le coin de Judy, avec ses vêtements, ses jouets, ses couvertures et sa maison de poupée. Je m'y revoyais, assise en tailleur, à dix ans, puis à onze, à douze ; peut-être même à quatorze. À l'époque, j'y venais dans la journée. La lumière grise se répandait dans le grenier à travers les petites ouvertures. La tête baissée, je touchais ses affaires : ses robes, ses jouets en mousse, ses livres. Bien souvent, je jouais simplement avec la maison de poupée : je rangeais les meubles ou les déplaçais de pièce en pièce. Le devant de la maison s'ouvrait comme une porte et, d'un geste, je saisissais au vol les personnages pour les promener dans les pièces, les asseoir sur une petite chaise ou les allonger sur un petit lit. Je les sortais parfois de la maison et jouais avec eux par terre, où je les plaçais devant la télévision. En refermant la maison, j'épiais à travers les fenêtres, comme un géant trop curieux.

Mes parents avaient aménagé le grenier quelques mois avant la disparition de Judy. Il devait être divisé en deux. D'un côté le bureau de Papa, où il aurait tenu les comptes de la boulangerie, de l'autre une salle de jeux pour Judy et moi. Maman prévoyait déjà des tables, des ordinateurs et des boîtes de rangement pour la peinture et les déguisements. Elle avait promis d'acheter une machine à coudre et de nous apprendre à confectionner nos propres vêtements. « Vous aurez de la place », avait-elle dit. Dès qu'on aurait cloisonné le bureau de Papa, le reste serait tout à nous. Mais il n'y eut pas de salle de jeux. La pièce avait été refaite ; il ne manquait que la cloison et la décoration. Tout était prévu la semaine où Judy avait disparu.

Papa et Maman l'ont abandonnée. Ce n'était plus qu'une grande pièce vide, presque nue, presque voûtée, avec ses murs couleur chair, ses planchers vierges et ses fenêtres sans rideaux.

En m'approchant des affaires de Judy, je remarquai que quelqu'un les avait rangées dans des boîtes bien étiquetées : « vêtements », « livres », « jouets ». La maison de poupée se tenait toujours bien droite, même si chacun des petits éléments était couvert de poussière. Je m'accroupis pour la retourner, car on l'avait remise à l'envers, la porte vers le mur. Je fis bien attention à ne pas faire de bruit, puis je pris l'un des coussins du canapé et le posai par terre pour m'asseoir.

Le grenier était plongé dans l'obscurité, mais j'ouvris quand même la porte et tentai de distinguer les meubles et les petits personnages dans chacune des pièces.

Pourquoi étais-je remontée ? Pam m'avait fixée, comme premier objectif, de ne plus toucher à ces choses-là.

– Tu montes souvent au grenier ? m'avait-elle demandé.

– Ça dépend, avais-je répondu. Trois ou quatre fois par semaine.

J'avais menti. Parfois, lorsque j'étais nerveuse, il m'arrivait d'y venir tous les jours, en cachette. C'était une drogue : monter au grenier, trier, puis ranger les affaires de Judy.

Mais aujourd'hui, c'était différent, j'étais passée à autre chose.

Je resserrai ma robe de chambre. J'exhalais de petits nuages de buée. La fenêtre était restée ouverte. Je la refermai en frissonnant. J'étais maintenant complètement réveillée. En m'asseyant sur le canapé, je vis la maison sous un jour différent. Derrière le rayon de lune sur le plancher, elle semblait mystérieuse, incongrue même.

Elle ressemblait à une maison américaine, construite en bois, à l'écart, au milieu d'un jardin entouré d'arbres. J'imaginais ma sœur vivre dans une maison comme cela, à Seattle, à proximité de la famille de Shelly. Une adolescente de treize ans qui utiliserait des expressions américaines, différentes des nôtres. Elle porterait un appareil dentaire et boirait du café plutôt que du thé.

Je souris malgré moi et regardai de nouveau la maison de poupée. Je voyais ma sœur ouvrir la porte d'entrée en courant pour attraper ce bus jaune qui l'amènerait au collège. Elle se dirait en « deuxième année » et parlerait de l'équipe de base-ball. Judy aimait se faire remarquer. Elle serait probablement *pom-pom girl*, à scander des encouragements en minijupe. Margaret, sa mère adoptive, guetterait son retour en se frottant nerveusement les mains, à la fenêtre de sa maison en bois, après avoir versé un verre de lait accompagné de biscuits pour le goûter de Judy.

Je me roulai en boule et posai la tête sur le bras du canapé. Un doux sommeil m'engourdissait. La lumière au dehors pâlit avec les premiers rayons du matin. Ma sœur aux États-Unis… Après tout, pourquoi pas ? L'imaginer parmi des filles de son âge me réconfortait. Mes paupières étaient lourdes et je somnolais déjà. Peut-être était-elle studieuse, attentive en classe. Elle ne porterait pas d'uniforme à l'école, aurait un casier à elle dans le couloir et son livre de maths sous le bras. Je la voyais sourire et rire. Je pouvais presque l'entendre parler.

C'est peut-être à cet instant que j'ai commencé à croire que ma sœur vivait aux États-Unis. Que la jeune fille du barbecue, au pendentif en forme de J, et celle de l'image de synthèse étaient la même personne. Tout concordait ; mais je refusais toujours de l'accepter.

Elle avait pourtant parlé de notre chien, Toby.

Je voulais tellement que ce soit vrai. N'importe qui aurait voulu y croire.

Treize

Je n'ai pas eu de réponse tout de suite. Le samedi, j'ai vérifié mes messages le matin, l'après-midi et juste avant d'aller me coucher. Et chaque fois, l'ordinateur répétait: «Pas de nouveau message». Cette machine m'agaçait, et je me surpris à taper plus fort que de raison sur les touches et à presser violemment le bouton d'arrêt. À chaque vérification, j'avais le souffle court, attendant nerveusement une réponse.

Enfin, le dimanche matin, la messagerie indiqua un «nouveau message». Tout excitée, je me penchai pour lire.

Chère Kim,

Tessa m'a parlé de toi. Je sais que vous étiez amies. Je ne suis pas surprise que ma voisine, Margaret, t'intrigue. Je l'ai toujours trouvée bizarre. Très secrète. Tu verrais ses vêtements... complètement démodés. Elle ne découvre pas le moindre centimètre de peau, même en plein été. Elle se maquille à la truelle, comme pour se camoufler. Ça ne m'embête pas de jouer les détectives. Elle ne se gêne pas, elle, pour se mêler de mes affaires. Juste parce qu'elle travaille dans une pharmacie, elle s'imagine tout savoir sur les médicaments et elle répète sans arrêt à ma mère combien l'alcool et la pilule sont dangereux pour les jeunes. Ça m'agace ! Je t'écris dès que j'ai du nouveau.

En espérant pouvoir t'aider,

Shelly

Je voyais d'ici à quoi ressemblait Shelly. Souriante sur la photo de Teresa, elle semblait dynamique, remuante. À l'école, elle avait sans doute la cote, suivie de près par son fan-club. Cette image m'irritait, mais je mis mes sentiments de côté. Je n'avais pas l'intention de m'en faire une amie.

En quelques jours, l'ambiance s'était dégradée à la maison. L'optimisme régnait après la découverte du pull : un petit indice valait mieux que huit années de silence. Ensuite, la police avait fait beaucoup d'allées et venues, sans compter les appels. Mais nous attendions toujours le rapport d'expertise, et la tension était palpable : mes parents se préparaient au pire.

Je pensais souvent à la jeune Américaine. Je donnais corps à son histoire, qui prenait vie et m'enthousiasmait. Plus joyeuse, plus détendue, j'étais aussi plus énergique. Mes parents traînaient le pas ; moi, je sautillais presque.

Le dimanche midi, Papa reçut un autre appel de la police. Notre déjeuner se composait d'un poulet cocotte, un plat tout prêt accompagné de petits oignons et de vin rouge. Les pommes de terre au four étaient trop cuites et la peau craquait sous le couteau. Aucun de nous n'avait très faim, et mon père bondit au son du téléphone, disparaissant pendant quelques minutes. Maman et moi étions restées à table mais, l'une comme l'autre, nous tendions l'oreille. Lorsqu'il revint, Maman avait posé ses couverts sur son assiette et attendait la suite.

– C'était l'inspecteur Robbins. Ils ont retrouvé les anciens propriétaires de la maison. La vieille dame est décédée depuis longtemps, mais c'est son fils qui s'occupait des locations. Il a été très coopératif.

– Et alors ? demanda Maman

Elle avait mauvaise mine. Elle était pourtant bien habillée, maquillée, les cheveux lavés et coiffés. Mais quelque chose d'indéfinissable n'allait pas. Sa peau paraissait desséchée, l'une de ses boucles d'oreilles était de travers et sous l'œil, il restait une trace de mascara. Elle avait mis trop de parfum et une odeur douceâtre émanait d'elle, comme pour en masquer une autre.

– Son fils s'est souvenu des locataires. Ils étaient deux, mais il pense qu'ils n'étaient pas en couple, ils se partageaient simplement la maison. Lui était anglais, et elle, américaine. Ils allaient tous les deux à la même université et étaient étudiants en sciences. Ils avaient loué pour six mois, mais lui est parti environ un mois avant la fin du bail. Elle est restée jusqu'au bout. Elle devait ensuite voyager en Europe avant de rentrer aux États-Unis.

Je mâchais lentement mon poulet, qui me paraissait ne plus avoir de goût.

– Et il a un nom, une adresse, un contact ? demanda ma mère avec impatience.

– Oui, le nom sur le bail était celui d'Ann Carter, et il pense qu'elle venait du sud des États-Unis. De Floride ou d'Alabama. Mais c'est tout. La police a envoyé un fax aux autorités américaines. Mais ils cherchent maintenant l'origine du dallage. S'ils déterminent la provenance des matériaux, cela pourra nous aider.

Mon père avait meilleure mine ; comme remonté par la nouvelle. Maman semblait s'enfoncer de plus en plus sur son siège. Elle repoussa du doigt son assiette. Le silence fut à nouveau brisé par le téléphone et elle se leva pour répondre. En quelques secondes, elle était déjà en grande conversation. Tout en avalant la chair farineuse de la pomme de terre, je songeais à ce que Papa nous avait appris. Il ne s'agissait pas d'un couple. L'homme était parti le premier, puis cette femme avait voyagé en Europe. Tout comme la voisine de Shelly, qui travaillait dans une pharmacie. Celle de Willow Drive étudiait les sciences. Autant de coïncidences qu'il était difficile d'ignorer.

Je reçus un autre e-mail de Shelly, tard dans la soirée. Je le lus avant d'aller me coucher. Il était plus long et plus informatif.

Chère Kim,

J'ai plein de choses à te raconter. J'ai emmené Judy au centre commercial cet après-midi. Sa mère, Margaret, lui avait donné de l'argent pour s'acheter une veste. Elle était ravie que je l'accompagne et beaucoup plus sympa que d'habitude. Bref, on a fait les magasins et elle a dû essayer une vingtaine de vestes. Pendant ce temps, je lui ai posé discrètement des questions sur son passé. Elle ne se rappelle pas grand-chose de sa vie avant Margaret (sauf le chien). Ses parents et sa sœur, qui s'appelait Kate, sont morts dans un accident : un camion a percuté leur voiture dans Oxford Street le soir de Noël (et si c'est vrai, c'est tragique). Elle dit qu'elle a des photos et j'ai demandé, mine de rien, si je pouvais les voir.

Je m'arrêtai de lire, puis regardai de nouveau le nom de sa sœur. Kate. C'était assez proche du mien : Kim.

Je poursuivis.

Judy n'a jamais vu leur tombe et n'est pas retournée en Angleterre. Margaret lui a promis de l'emmener en Europe dès qu'elle aura terminé le lycée. Je lui ai demandé comment était Margaret. « Gentille, m'a-t-elle répondu, très drôle, mais surprotectrice. » Elle ne peut jamais partir en colo ou rester dormir chez une copine. Judy pense que c'est à cause de son autre fille, qui s'est noyée dans une piscine. Je lui ai demandé quand la petite fille était morte, mais elle ne savait pas vraiment. Il va falloir que je sois plus prudente, parce qu'elle m'a regardée bizarrement et m'a dit : « C'est quoi cet interrogatoire ? » Je n'ai donc pas cherché plus loin, et nous avons trouvé sa veste (matelassée, avec une fermeture Éclair – adorable). Je te tiens au courant si j'ai d'autres informations ou si elle me montre les photos.

Bisous.

Shelly

J'imprimai les messages avant de les effacer, puis j'éteignis l'ordinateur. En entendant la porte d'entrée claquer, je courus dans ma chambre. Papa et Maman revenaient une fois de plus du commissariat. Rosie était avec eux. Je descendis.

Maman semblait dévastée, elle avait de grandes poches noires sous les yeux. Tante Rosie s'est assise près d'elle. J'ai regardé mon père, cherchant une explication

– C'était bien le pull de Judy. La police a trouvé des traces d'ADN, de la salive… entre autres…

C'était donc le sien. Je ne réagis pas. Maman pleurait, et moi aussi j'aurais dû être bouleversée. Mais, curieusement, je ne l'étais pas. Pour eux, retrouver ce pull confirmait la mort de Judy. Pour moi, c'était l'inverse. Cela signifiait qu'elle était entrée dans cette maison occupée par une Américaine. Peut-être était-ce Margaret. Et la Judy qui portait en ce moment même sa nouvelle veste matelassée pouvait très bien être *notre* Judy, qui avait grandi. Pourquoi pas ? Béate, j'étais sûre de moi.

Tous me dévisageaient. Surtout ma mère, qui semblait ne pas en croire ses yeux. Je compris pourquoi : c'était le premier indice concernant Judy, et je souriais.

Évidemment, mon attitude les choquait. Si seulement ils savaient…

Quatorze

À six heures trente le lendemain matin, j'étais devant l'ordinateur. Il faisait encore nuit, mais déjà le bruit lointain de la circulation me parvenait. Le cliquetis du radiateur indiquait la mise en route du chauffage central. Je me moquais du froid et tapai fébrilement mon mot de passe. Je soufflai quand l'écran afficha : « Pas de nouveau message. » Après tout, Seattle était à l'autre bout du monde, même si la distance ne changeait rien à la réception d'un e-mail. Mais, pour moi, la distance changeait bien d'autres choses. Je ressentis soudain entre nous l'immensité de la terre, épaisse et impénétrable. Et puis l'océan, cette gigantesque barrière liquide qui bougeait, fluctuait, mais restait suffisamment immobile pour séparer les continents. Tout s'expliquait. Enlever une fillette dans la rue et l'emmener ailleurs. C'était un homme qu'on recherchait : un homme qui aimait tant les petites filles qu'il leur voulait du mal. Personne ne pensait à une femme qui aurait remplacé une enfant par une autre.

Je brûlais d'impatience. Les informations dont j'avais besoin n'arrivaient pas. Il fallait attendre. Je déconnectai l'ordinateur et sortis du bureau. Mon père ronflait et ma mère se retournait dans le lit. N'ayant pas vraiment envie de la croiser si tôt, je suis revenue dans ma chambre et me suis allongée sur les couvertures.

La journée s'annonçait chargée. La police continuerait à enquêter dans cette maison de Willow Drive. Chaque centimètre carré de jardin serait retourné et la villa serait fouillée de la cave au grenier. Papa et Maman attendraient sur place toute la journée. « Aussi longtemps qu'il faudra », avait dit Papa en serrant les dents. J'avais proposé de rester à la maison. Papa m'avait répondu, les yeux dans le vague, d'aller à la fac.

J'avais largement le temps de me préparer, mais finalement, j'étais en retard. D'abord, j'avais attendu que mes parents se lèvent pour revérifier mes messages. Puis j'étais descendue prendre une tasse de thé. En remontant, l'ordinateur indiquait un « nouveau message ». J'étais aux anges. L'e-mail était long et détaillé. J'y jetai seulement un coup d'œil, car quelqu'un aurait pu entrer dans le bureau. J'imprimai l'e-mail pour le lire plus tard.

Je fis le trajet à pied et l'air frais me fit du bien. Arrivée à la fac, je ne savais plus bien où aller. J'avais des cours prévus, bien entendu, mais je n'avais pas l'intention de les suivre. Je me réfugiai à la bibliothèque, où j'aperçus une table libre. Les salles d'étude étaient bondées, et je me retrouvai au milieu d'un groupe de garçons qui préféraient s'amuser avec leurs portables et ricaner bêtement plutôt que de réviser leurs maths. J'étais si absorbée par l'e-mail de Shelly qu'il me fut facile de les ignorer. Plongée dans un monde hermétique, je ne sentais plus leur présence et n'entendais plus leur voix.

Chère Kim,

Je t'écris au beau milieu de la nuit, car mes parents sont allés se coucher. Je suis dans le pétrin et c'est la faute de Margaret. Après dîner, j'ai rendu visite à Judy. Nous sommes montées dans sa chambre. Elle est adorable avec moi, je crois qu'elle m'aime bien. Peut-être qu'elle préfère avoir des amis plus âgés qu'elle (Margaret était à la cave, où elle a aménagé son bureau). Donc, dans la chambre de Judy, j'ai essayé d'en savoir plus. Sa nouvelle veste la passionnait davantage et elle a sorti tous ses vêtements du placard pour faire des essayages. J'ai fait quelques commentaires sur ce qui allait bien ou moins bien avec sa veste. Et j'en ai profité pour glisser des questions : « Tu vivais à quel endroit, en Angleterre, avec tes parents ? » et « Où est-ce que tu habitais avec Margaret quand tu es arrivée aux États-Unis ? »

J'ai quelques nouvelles informations :

1. Elle vivait au nord de la Tamise (je veux toujours l'écrire « Thamise » !).

2. Lorsqu'elle est arrivée aux États-Unis, elle et Margaret habitaient dans un endroit très ensoleillé où il y avait des crocodiles. (J'en déduis que c'était la Floride. Et ce ne sont pas des crocodiles, mais des alligators.)

3. Elle se rappelle quelques détails concernant ses parents. Sa mère la câlinait souvent et avait de très beaux cheveux. Et son papa était le plus grand des papas…

J'interrompis ma lecture et songeai à une enfant de cinq ans qui regarderait son papa ; je pensai à la chevelure longue et bouclée de ma mère, avec ses mèches rebelles ici et là, lorsque Judy était petite. Aujourd'hui, ses cheveux étaient plus fins et elle les coupait toujours au carré.

Je fus distraite quelques instants par les rires des garçons autour de moi. La bibliothécaire, à l'autre bout de la salle, nous observait, cherchant l'origine du brouhaha. Je retournai à mon e-mail :

Son papa était le plus grand des papas et il sentait toujours bon.

– On a des photos, m'a-t-elle dit. Tu veux les voir ?

Je l'ai suivie dans la chambre de Margaret. Sincèrement, Kim, je n'avais jamais vu une chambre aussi bien rangée. Pas un seul objet ne traînait, il n'y avait même pas de peignoir pendu derrière la porte. Tu verrais la chambre de mes parents… Bref, elle est montée sur un tabouret pour attraper une boîte, en haut du placard. Elle l'a posée sur le lit et l'a ouverte. À l'intérieur, il y avait des tas de photos, assez vieilles, sans doute d'une dizaine d'années. Judy et moi avons pris des paquets différents. Je suis tombée sur des photos d'une petite fille, toute mignonne et joyeuse. J'ai regardé celle que tenait Judy : un couple avec deux filles, l'une doit avoir six ans et l'autre dans les trois ans. Elle n'était pas récente. Ils sont assis au pied d'un arbre. Cela devait être un pique-nique, et ils ne regardent pas tous l'objectif. J'ai pensé un instant la prendre pour te la scanner, mais en la retournant j'ai vu le tampon du labo photo : elles ont été développées en Floride ! La photo ne venait pas d'Angleterre. Judy m'a expliqué qui était sur les photos. Elle était censée être la plus jeune, mais cette photo ne lui ressemblait pas. Je n'ai rien dit, j'ai juste regardé les photos de l'autre fillette.

– C'est Suzie, m'a-t-elle dit, la fille de Margaret, qui s'est noyée. Je me suis soudain sentie bizarre, trop curieuse, et j'étais sur le point de tout ranger lorsque j'ai entendu la voix de Margaret.

– Qu'est-ce que vous fichez là ?

En me retournant, je l'ai vue, les deux poings sur les hanches, l'air vraiment mauvais. Elle m'a ordonné de partir et de ne plus remettre les pieds chez elle. J'avais l'impression d'être une gamine qu'on renvoyait de la classe. Pire, elle est ensuite venue voir mes parents. Je l'ai entendue crier pendant un long moment, elle était très en colère. Lorsqu'elle est sortie, j'ai cru que la porte allait sortir de ses gonds. Puis ma mère est montée me parler. Apparemment, Margaret ne m'en voulait pas seulement d'avoir fouillé dans ses photos – mais aussi à cause de sa fille. Judy s'était mise à poser des questions concernant ses vrais parents et pleurait souvent, surtout la nuit. Au début, Margaret ne comprenait pas pourquoi, mais Judy lui avait expliqué que j'avais parlé de l'Angleterre pour mon exposé. Quand ma mère lui a dit qu'elle n'était pas au courant, Margaret a vu rouge. Elle a dit que je n'étais qu'une petite fouineuse qui ferait mieux de s'occuper de ses affaires, que Judy avait eu une enfance suffisamment traumatisante sans que je vienne en rajouter. Elle me défend de la revoir. Maman trouve qu'elle exagère. À mon avis, Margaret a compris que j'avais tout découvert et elle panique. Qu'en penses-tu ?

Bisous.

Shelly

Reposant le papier sur la table, je remarquai que les garçons étaient partis. Le troupeau se dirigeait vers la sortie, surveillé de près par la bibliothécaire. Je repliai la feuille, indécise. L'intrigue s'étoffait dans ma tête. Les chapitres d'un roman, que je découvrais jour après jour, semaine après semaine. J'avais commencé par la fin, puis quelques pages du milieu, et enfin j'avais le début: les fragments d'un scénario se mettaient en place.

Je sortis de la bibliothèque. En réalité, j'étais très troublée. Je montai au premier étage, au département d'arts plastiques, à la recherche de Claire. Je la trouvai assise dans une salle, près d'une grande fenêtre, avec deux autres étudiantes, toutes penchées sur leurs carnets de croquis. J'attendis, immobile, qu'elle lève la tête.

– Salut.

Claire esquissa un sourire. Elle sembla fixer mes cheveux, puis mes vêtements. Les deux autres filles firent de même et se regardèrent, interloquées.

En passant la main dans mes cheveux, je compris qu'ils étaient en bataille. Je jetai un œil à ma chemise: elle était sale, froissée et mal boutonnée. Je maudis ma négligence.

– Un thé? proposa Claire en posant son carnet. Il y a une bouilloire dans la salle d'à côté.

Je la suivis et me laissai tomber sur un tabouret.

– J'étais pressée ce matin, expliquai-je tout en reboutonnant ma chemise et en démêlant mes cheveux du bout des doigts.

– Ne m'en parle pas, dit Claire. Je suis à faire peur, le matin.

– Est-ce que tout va bien ? dis-je, me remémorant ses soucis.

– Ça va mieux. Maman et Freddy vont vendre la maison et en acheter une autre ensemble. Comme ça, Papa aura sa part et pourra se trouver un logement. Ils ne s'entendront jamais. Enfin…

Mais déjà, je ne l'écoutais plus. Je regardais l'e-mail que je tenais à la main, et sa voix me paraissait lointaine. Je hochais mécaniquement la tête, sans parvenir à m'arrêter. Claire m'observait d'un air inquiet.

– Qu'est-ce qui se passe, Kim ? C'est à propos de Judy ?

Dans le mille, comme toujours. J'essayai de parler, mais les mots s'entassaient dans ma gorge, sans pouvoir sortir. J'avais l'air idiot, sans doute. Il me fallait le dire à quelqu'un, à voix haute : « Ma sœur est en vie aux États-Unis. » Alors, cela deviendrait réel. Les faits seraient là, et plus seulement dans mon imagination, dans celle de Shelly, quelque part entre nos deux ordinateurs.

– C'est parce qu'ils ont trouvé son pull ? Tu crains qu'ils ne découvrent son corps ?

Claire parlait doucement et posa sa main sur la mienne. Elle ne comprenait pas. Ce n'était pas la mort de ma sœur qui m'angoissait. Je remarquai les taches de peintures bleues et vertes sur ses doigts : des couleurs pâles, froides.

– Non, c'est justement le contraire, bégayai-je.

J'avalai une gorgée de thé bouillant, sans prendre le temps d'en sentir le goût. Il me brûla la gorge.

– Tu vois… Je murmurais presque. Je crois… Je suis pratiquement certaine qu'elle est vivante !

Claire me lança un regard de dépit. Je ne m'attendais pas à cela. Je pensais bien qu'elle serait sceptique. C'était normal. Peut-être même incrédule. Mais elle semblait déçue, comme si j'avais fait une bêtise. J'étais mal à l'aise. Il fallait que je quitte la pièce. Je bus une dernière gorgée de thé et me levai.

– Je dois y aller. Mes parents m'attendent…

Elle hocha la tête.

– Je vais te raccompagner.

– Non. Je préfère prendre l'air.

Je quittai la pièce et descendis les escaliers. J'aperçus Teresa Russel et ses amis qui flânaient dans le couloir. Je me cachai dans une salle et n'osai plus respirer jusqu'à ce qu'ils se soient éloignés. L'un de mes professeurs passa par là. Elle me fixa, moi, puis l'e-mail que je tenais toujours serré dans ma main. Je lui souris timidement et continuai mon chemin.

Lorsque je sortis de la fac, je fus soulagée, comme si j'avais échappé à quelque chose. Je marchais à grands pas, en regardant droit devant moi. À mesure que je me rapprochais de la maison, je pressais le pas. Je courais presque sur les derniers mètres. Quelque chose d'important m'attendait là-bas. En entrant, j'appelai, mais personne ne répondit. La table du petit déjeuner n'était pas débarrassée et le lit de ma mère était défait. J'allai directement dans le bureau et ouvris la messagerie.

Je le savais : un nouveau message était arrivé. Il était capital, j'en étais certaine. Je retins mon souffle en le lisant.

Chère Kim,

C'est incroyable ! Margaret et Judy s'en vont ! Ma mère en a parlé il y a quelques minutes. Apparemment, Margaret aurait décidé de changer de vie. Elle a fait venir des agents immobiliers aujourd'hui. Normalement, cela prend du temps pour vendre une maison et en acheter une autre, mais Margaret doit déménager après-demain. Judy et Margaret visiteront un peu la région avant de partir vers l'est. À mon avis, elle fuit quelque chose. Mais nous avons un problème : une fois partie, comment pourra-t-on la retrouver ?

Bisous.

Shelly

Choquée, je fixais l'écran. Une seconde fois, Margaret allait me voler Judy.

Quinze

Je n'avais pas entendu mes parents rentrer. En descendant les escaliers, je me retrouvai nez à nez avec eux dans le salon.

– Bonjour ma chérie, dit Papa.

Je tenais les e-mails dans une main et les photos de Teresa dans l'autre. J'avais l'intention de les disposer sur la table et de tout leur expliquer à leur retour. Ils me regardaient d'un air suspicieux, comme si je manigançais quelque chose. Sans doute à cause de mon apparence… J'aurais dû me changer, me laver les cheveux, m'arranger un peu, mais je n'en avais pas eu le temps. Je réajustai rapidement mon chemisier, puis leur montrai ce que j'avais à la main.

– J'ai quelque chose à vous dire.

Je m'approchai de la table et j'y déposai mes papiers un à un, comme des cartes à jouer. J'avais peur, mais il n'y avait pas d'autre solution. Margaret allait déménager. Elle était probablement déjà en train d'empaqueter les affaires de Judy. D'ici un jour ou deux, elles partiraient pour une destination inconnue.

Quelqu'un sonna à la porte, mais je ne paniquai pas. C'était sûrement Rosie et Jeff. Ils étaient de la famille et pouvaient entendre ce que j'avais à dire. Je reculai et regardai la table. J'avais réuni toutes les informations nécessaires. Une fois que Papa et Maman les auraient examinées, il faudrait les regrouper dans un dossier pour que la police puisse les étudier. Je le visualisais. Une chemise en carton étiquetée à son nom: «Judy Hockney». Des murmures s'échappaient de l'entrée. Ceux de mes parents et d'une autre personne. En me retournant, je vis Pam, ma psy, entrer dans le salon.

C'était curieux. Elle n'était jamais venue chez moi et ne s'était jamais trouvée en présence de mes parents. Encore moins en grande conversation avec eux. Je savais qu'elle leur donnait des nouvelles de temps à autre, qui tenaient en quelques mots, comme un bulletin de notes: «Les progrès de Kim sont satisfaisants.» Nos séances étaient confidentielles. Je lui faisais confiance.

Je fus donc déconcertée de la voir arriver. D'autant qu'elle portait ses vêtements de ville: un jean moulant et un pull en mohair rayé; et sous son jean, des bottes de cow-boy. Elle avait les cheveux détachés, et une toute petite tresse pendait sur un côté. On l'aurait crue en route pour un cours de danse *country*.

Mes parents paraissaient si ternes à côté d'elle. Ils m'agaçaient.

– Quoi? dis-je, penchée au-dessus de la table, sans quitter des yeux les papiers et les photos qui s'y trouvaient.

– Est-ce qu'on vous laisse seules? demanda mon père en s'adressant à Pam.

– Je devrais peut-être dire deux mots à Kim d'abord ?

– Non, répondis-je en désignant la table. J'ai des choses à vous montrer.

Ils ne dirent rien. Tous trois semblaient mal à l'aise, surtout Maman. Elle portait son nouveau survêtement. Ça n'était pas vraiment un vêtement de sport, juste un modèle décontracté, avec une rayure le long des bras et des jambes. Elle avait les cheveux tirés et n'était pas maquillée. Je voulais attirer son regard, lui sourire, mais elle se détourna. Puis je compris. C'était clair. Ils avaient demandé à Pam de venir me rassurer, me conseiller. L'espace d'un instant, je fus découragée. Ils me croyaient toujours malade. Comment les convaincre que ma sœur était en vie, aux États-Unis ?

– Je vais préparer du thé, dit Papa, mais je le retins.

– Non, sifflai-je, il faut m'écouter. J'ai découvert quelque chose.

– Kim, chérie. Mon père s'approcha et m'enlaça. Nous aussi, nous avons découvert quelque chose. Et nous avons demandé à Pam de venir, pour en parler.

– Non, non. Je le repoussai. C'est important. J'ai découvert que…

– Et si on s'asseyait autour de la table ? proposa Pam d'une voix mielleuse.

Nous avons obéi. Pam nous encouragea d'un sourire. Les chaises ont grincé lorsque mes parents les ont tirées. Papa se tenait droit, Maman posa son menton dans sa main. Pam prit la parole.

– Kim, explique-nous ce que tu as à dire. Personne ne t'interrompra.

Elle avait les mains jointes, serrées. Je vis alors ses boucles d'oreilles. De petits oiseaux qui se balançaient au bout de son lobe, d'avant en arrière. Ils semblaient se poser dans ses cheveux puis s'envoler de nouveau. Je ne pouvais plus les quitter des yeux. Puis je remarquai le silence : ils attendaient que je parle. Je tripotai mes feuilles de papier et me raclai la gorge. Papa et Maman examinaient les documents disposés sur la table. Au milieu se trouvait la photo du barbecue, le seul cliché que j'avais de Judy. Maman la fit glisser vers elle.

– Je crois avoir retrouvé Judy, dis-je d'un air absent.

Ce n'était pas la peine d'amener la chose subtilement, étape par étape, comme une chasse au trésor. J'avais une histoire à raconter et ils devaient l'entendre. Je les regardai chacun à leur tour. Pam fut la seule à manifester une émotion : un sentiment d'inquiétude parcourut son visage et disparut aussitôt.

– Elle est en vie. J'en suis certaine. Et elle habite aux États-Unis.

Ma mère détourna le regard. Son visage était blême et son expression, figée.

– Maman, elle est vivante. Cette locataire américaine l'a emmenée avec elle, en Floride. Elle l'a enlevée dans la rue puis l'a cachée quelques jours. Peut-être qu'elle lui a donné des somnifères… Je ne sais pas comment, mais elle l'a cachée, et quand les choses se sont calmées, elle a pris l'avion avec elle pour les États-Unis. Elle avait un autre passeport. Elle lui a dit que nous étions morts dans un accident de voiture. Judy pense que cette Américaine est une parente qui l'a adoptée. Regardez ! Voilà sa photo et l'image de synthèse. Vous ne trouvez pas qu'elles se ressemblent ? Vous ne trouvez pas ?

Je m'étais levée et parlais d'une voix suraiguë. La mâchoire de ma mère tremblait légèrement, mais son visage restait inexpressif. Mon père et Pam me dévisageaient. Les papiers et photos étaient maintenant éparpillés sur la table. J'avais une furieuse envie d'y remettre de l'ordre.

– Je ne l'ai pas inventé, dis-je d'une voix plus calme. Demandez à Teresa Russel. C'est elle qui m'en a parlé. Au début, j'ai refusé d'y croire. Mais depuis la fouille dans le jardin de cette maison…

Mon père se leva et posa la main sur mon épaule.

– Kim, je voudrais que tu t'assoies et que tu nous écoutes attentivement. Nous avons quelque chose de très important à te dire. Une chose qui te fera changer d'avis à propos de ça.

Il désignait mes papiers. Mais c'était toute mon histoire qu'il rejetait. Sans même l'avoir entendue. Ma mère s'était littéralement détournée de moi. Elle non plus ne voulait rien savoir. Ils ne m'avaient même pas entendue. Ils n'avaient pas lu les e-mails ni regardé les photos. À peine avais-je articulé quelques mots qu'ils les avaient déjà enterrés sous un silence méprisant. Les jambes coupées, je retombai sur ma chaise. Je me tournai vers Pam, qui s'était mise à rassembler les papiers. Ses boucles d'oreilles qui bougeaient d'avant en arrière, son pull criard, tout me hérissait. La voix de Papa était éraillée.

– Kim, la police a fait certaines découvertes… Ils sont presque certains que Judy est morte.

– Non, répondis-je en souriant.

Papa parlait du pull rose. Pour eux, il signifiait la mort de Judy, mais moi, j'y voyais un lien supplémentaire avec l'Américaine. Je secouai la tête, sans cesser de sourire. J'étais sûre de moi.

– Les experts ont trouvé des traces…

– Non, écoutez, c'est bien son pull. Je le sais. Mais ça ne veut pas dire qu'elle soit morte. Ce n'est qu'un pull. Cette femme a pu le lui enlever, une fois chez elle.

– Et sa jupe ? Et sa chaussure ? dit ma mère, énervée.

Cette information m'ébranla, mais je poursuivis.

– Et toutes ses affaires. Bien sûr ! Elle a pu lui acheter d'autres vêtements avant de repartir pour les États-Unis.

Mon père m'attrapa par le bras. Ce n'était pas un geste affectueux. Il se tenait immobile et essayait de me faire taire. Maman était toujours vissée sur sa chaise, mais son expression avait changé. Comme une mare profonde, lisse et sombre.

– Judy est morte, souffla Papa. Nous devons l'accepter.

– Non, non ! Je le fis lâcher prise. Non, ELLE N'EST PAS MORTE !

Ma mère fit volte-face et balaya d'un geste le plateau de la table, faisant voler e-mails et photos. Elle me regarda.

– Est-ce que tu vas t'arrêter ? Est-ce qu'un jour tu vas t'arrêter ?

– Mais Maman, murmurai-je, surprise de sa colère, elle est vivante. Elle vit aux États-Unis avec cette femme, Margaret. Mais elles vont bientôt déménager. On risque de la perdre.

– Comme si je n'avais pas assez de problèmes, cria Maman. J'ai déjà perdu ma fille. Pourquoi faut-il toujours que tu rendes les choses plus difficiles ?

– Quoi ? J'étais liquéfiée.

– Chaque fois qu'on essaye de se remettre ou d'aller de l'avant… Comme si les choses n'étaient pas assez compliquées pour nous, il faut en plus qu'on te surveille pour que tu ne perdes pas complètement la boule.

– Voyons… intervint Pam.

– C'est vrai, insista Maman. On n'en peut plus. C'est toujours pareil. Quand finiras-tu par l'accepter, Kim ? Judy est morte.

– Mais les vêtements, en eux-mêmes, ne prouvent rien !

– Et le sang qu'on a trouvé dessus ? Qu'est-ce que tu en fais ? hurla ma mère.

J'étais figée. Quelque chose semblait me retourner le ventre. Je sentais ma tempe, mon cou et mon poignet palpiter. La pièce était redevenue très calme : les feuilles et les photos reposaient sur le sol, les visages étaient pâles et inexpressifs. Même ma mère s'était changée en une nature morte qui me dévisageait, attendant ma réaction.

– Ils ont fait une comparaison d'ADN, c'est le sang de Judy. Il lui est arrivé quelque chose. Probablement dans cette même maison, dit Papa.

Du sang sur ses vêtements. Je faiblis d'un seul coup.

– Peut-être qu'elle s'est simplement débattue… Je prononçai ces mots presque imperceptiblement. Je n'y croyais pas moi-même.

– La police recherche maintenant l'homme qui louait cette maison. Après l'avoir quittée, il est revenu pour faire des travaux dans le jardin. Et le plus incroyable, dit Papa, comme s'il nous narrait les détails d'un film, c'est qu'il avait une camionnette rouge. Certains voisins s'en sont souvenus.

La camionnette rouge.

Je voulus m'éloigner de la table. Je titubais légèrement et dus m'agripper au dossier d'une chaise pour garder l'équilibre.

– Elle est perturbée, expliqua Pam. Il fallait s'y attendre.

Mon père lui répondit, mais je ne saisis pas ses paroles. Je fermai les yeux et cachai mon visage dans mes mains. C'était trop. Trop lourd à porter. Ma mère s'approcha de moi et je sentis son parfum qui flottait dans l'air.

– Ça va aller, murmura-t-elle. Ça sera dur. C'est certain. Les prochaines semaines seront les pires. Mais tout s'explique enfin. Le locataire a fait les travaux dans le jardin et conduisait une camionnette rouge.

– Non, répondis-je en secouant la tête. C'est impossible.

Cela ne pouvait plus durer. Pendant huit ans, j'avais laissé le poids de ce mensonge m'écraser ; un poids mort que je traînais autour du cou comme un collier de plomb. Aujourd'hui j'étais fatiguée, affaiblie, désespérée…

– Il n'y avait pas de camionnette rouge, dis-je en regardant ma mère.

– Si, il y en avait une. Certains voisins s'en sont souvenus. Elle était garée devant la maison pendant les travaux. Peut-être la police l'avait-elle répertoriée.

– Aucune camionnette. Je secouai la tête.

– Kim, ma chérie, je t'assure. Ça y est. On a peut-être trouvé l'explication.

– Tu ne comprends pas. Je reculai d'un pas et repoussai les mains qu'elle me tendait. Il n'y a jamais eu de camionnette rouge. Je l'ai inventée.

Tous trois me regardaient. Leurs expressions, d'abord incrédules, se changèrent en dépit.

– Je l'ai inventée. Je n'ai jamais vu de camionnette. Je voulais juste les aider. Il fallait qu'on retrouve Judy. J'ai dit tout ce dont je me souvenais, mais aucun détail n'était utile. Tout ce que je voulais, c'était aider à retrouver Judy. Mais je n'ai rien vu. Absolument rien. Judy s'est volatilisée. Elle était là, puis a disparu en un instant, comme si elle était tombée dans un gouffre sans fond.

Je parlais de plus en plus vite, comme pressée par le temps.

– Je ne sais pas ce qui lui est arrivé. Je n'ai rien vu de bizarre, rien ni personne. Je n'ai rien entendu. Je l'ai simplement perdue. Je l'ai perdue. C'est de ma faute si elle a disparu.

– Mais la camionnette… ? dit ma mère, avec une dernière étincelle d'espoir dans les yeux.

– Je l'ai inventée. Ce n'était pas vrai. Il n'y a jamais eu de camionnette.

Elle parut se flétrir instantanément. Ses genoux se dérobèrent sous elle, et elle dut se rattraper à la table. Mon père l'enlaça et ils se tinrent soudés, comme deux sentinelles qui dirigeaient vers moi l'arme de leur douleur. Seule Pam semblait indécise. Paniquée, elle hésita quelques instants avant de se précipiter vers moi. Je fis volte-face et quittai la pièce. J'entendis les paroles de ma mère fuser derrière moi comme des balles.

– Laissez-la partir.

J'ouvris la porte et sortis.

Seize

J'ai erré tout l'après-midi. D'abord à la bibliothèque de quartier, où j'ai parcouru les journaux. À la gare routière, où j'ai regardé les queues se former avant de remplir des bus dont le moteur peinait sous le poids de tant de passagers. Le long de la vieille rue principale, où la plupart des boutiques ont fermé pour aller s'installer au centre commercial, un peu plus loin. Dans les points de vente d'associations caritatives, parmi les piles de fripes poussiéreuses et les rangées de livres cornés.

Même si je paraissais alerte et attentive, j'étais pétrifiée. Dure et froide, comme une colonne de glace. Tous mes sentiments, l'excitation, l'appréhension, la culpabilité et le chagrin s'étaient figés.

Il me restait une livre en poche, avec laquelle j'achetai un verre de thé. Je le bus tout en marchant. Le plastique brûlant me réchauffa le nez et les joues. L'air était froid mais vivifiant, et le ciel, d'un bleu intense. À l'horizon, quelques traces rougeoyantes indiquaient la tombée de la nuit.

En sortant de chez moi, j'avais pris ma veste, mais mon sac à dos, mon porte-monnaie, mon téléphone et toutes mes affaires étaient restés sur mon lit.

Je n'avais plus sur moi que deux mouchoirs et quelques pièces de monnaie. J'enfonçai mes mains dans mes poches pour les réchauffer. J'avais dû parcourir plusieurs kilomètres et déjà, je me sentais mieux. Mais je ne pouvais pas rentrer. Maintenant qu'ils savaient, je ne pourrais plus jamais les regarder en face.

Je me suis retrouvée dans le petit square; celui où j'emmenais souvent Judy. Le jour déclinait et les enfants avaient déserté les lieux. Il ne restait que deux garçons perchés sur leurs vélos. Je me dirigeai vers le fond du parc, le plus loin possible de la route, et m'assis sur un banc qui jouxtait un bosquet de buissons et d'arbres. De cet angle, je pouvais tout voir. Les balançoires, les toboggans et le jeu de bascule. Il n'y avait pas de vent, mais les balançoires s'agitaient légèrement dans la lumière grisâtre de cette fin d'après-midi. Les garçons décrivaient laconiquement des cercles avec leurs vélos, le dos droit, sans tenir le guidon.

Enfant, j'étais venue là. Lorsque les deux garçons partirent enfin, laissant le parc totalement désert, j'essayai de me souvenir de ces bruits comme d'une musique du passé, diffusée dans ma tête. Des voix d'enfants qui parlaient, criaient ou pleuraient. Le sanglot distant d'un bambin qui tombe. Une mère qui recommandait d'aller doucement sur les balançoires. Les aboiements d'un chien dans le lointain, un marchand de glaces ambulant.

Dans le parc vide et silencieux, les balançoires bougeaient toujours, d'avant en arrière. Plus loin, sur la route, j'aperçus une voiture de police. Je me raidis. Deux semaines plus tôt, j'avais suivi une fillette et la police m'avait vue devant chez elle, puis m'avait raccompagnée. Je ne voulais pas que cela se reproduise. Je décidai de battre en retraite dans le bosquet, dissimulée par la nuit tombante, et m'assis au pied d'un arbre. À travers les buissons, je voyais toujours l'aire de jeux et même la route. Je ramenai mes genoux vers moi et soufflai sur mes mains pour les réchauffer.

J'étais bien ainsi. Mes pieds et mes jambes étaient gelés, mais je ne m'en rendais plus compte. Mes yeux s'habituaient petit à petit à l'obscurité, et je distinguais les voitures et les passants dans la rue, derrière le parc. L'éclat soudain des lampadaires me surprit. Je les observai. La nuit progressait, combattue par les lumières des maisons qui ressemblaient à des têtes d'épingle jaunes, piquées dans les ténèbres. En levant les yeux, j'aperçus la lune, comme une pièce d'argent dans la poussière scintillante des étoiles.

Pendant quelques instants, je fus presque heureuse. Les arbres et les buissons paraissaient se serrer contre moi, comme pour me tenir chaud, et un long moment s'écoula avant que l'air glacial ne me lacère la peau. Ça m'était égal. Là, dans ce square, je ne pouvais rien faire d'insensé. Je ne pouvais faire de mal à personne. Et surtout, je ne risquais pas de perdre quelqu'un, comme j'avais perdu ma sœur.

Je n'ai pas pleuré. Beaucoup de gens à ma place l'auraient fait, mais moi, je ne pouvais pas. Le froid tranchant m'en empêchait. Pas celui de la température extérieure, mais celui de mon propre corps, pétrifié, gelé de l'intérieur.

J'étais fatiguée. J'avais gardé les yeux ouverts pendant une bonne partie de la soirée. Je n'avais pas regardé ma montre – il faisait trop froid pour remuer le poignet –, mais je savais qu'il était tard, car il n'y avait plus une seule voiture et les lumières des maisons s'éteignaient, une à une. Plus tard, bien plus tard sans doute, j'entendis le hululement sinistre d'une chouette. J'avais dû finir par m'endormir, la tête posée sur le sol glacé, les genoux contre la poitrine.

C'est comme ça qu'ils m'ont retrouvée le lendemain matin. Quelques enfants passaient par là avant d'aller à l'école pour casser la glace des flaques à coups de pied ou s'amuser à souffler des nuages de buée. Ils m'ont vue, recroquevillée par terre, comme un animal sauvage. D'abord, ils m'ont crue morte. Puis les mamans se sont approchées en criant à la vendeuse de bonbons d'appeler les secours.

Un pompier s'est agenouillé et a collé son oreille contre ma poitrine. Il entendait vaguement, m'a-t-il dit, mon cœur lutter contre le froid glacial.

Mais je ne me rendais compte de rien. Après huit ans de mensonge, j'étais enfin en paix.

Dix-sept

La dernière semaine avant Noël, il y eut beaucoup de monde à la pépinière. Tante Rosie était débordée. Dès qu'elle ouvrait le tiroir-caisse, elle se lançait dans un exercice compliqué de calcul mental. Après un automne trop calme, ce ballet incessant de voitures dans la cour, ces clients venus chercher leur sapin de Noël étaient les bienvenus. Nous les laissions faire leur choix dehors pendant que nous restions au chaud à la boutique à déballer le houx destiné à décorer les portails et les chemins de table.

– Tu n'es pas trop fatiguée ? demanda Rosie tout en manipulant habilement les branches. Elle avait enfin abandonné ses aiguilles à tricoter.

J'allais parfaitement bien. Mais Rosie, elle, semblait angoissée. La camionnette d'Oncle Jeff était tombée en panne alors qu'il revenait de l'entrepôt du grossiste. Il attendait la dépanneuse sur le bord de la route, à quelques kilomètres de là.

– Ah, ça ! dit Rosie, qui préférait en rire, avec tous ces sapins à l'arrière, le dépanneur va croire qu'il est tombé sur le Père Noël en personne.

Rosie riait de bon cœur, je me contentai de sourire poliment. Elle s'essayait à l'humour, maintenant, sans doute pour me remonter le moral. Pour ma venue, elle avait également refait sa garde-robe : de grandes blouses à fleurs, des pantalons en coton et des baskets. À ses oreilles, de longues boucles s'agitaient dans tous les sens. Surprenant, lorsqu'on était habitué à ses vieilles robes, ses jupes et ses bottes en caoutchouc. Je ne compris pas tout de suite ce changement. Mais au bout d'un jour ou deux, je réalisai : plus que ma tante, elle essayait d'être mon amie. Son geste me touchait. Mais elle n'avait pas à s'en faire pour moi. Je n'étais pas malheureuse. Pour la première fois depuis de nombreuses années, j'étais soulagée.

Oncle Jeff, lui, restait le même. Avec sa veste verte, sa chemise à carreaux, son jean et ses bottes. C'était devenu son uniforme. Il lui arrivait de porter une casquette s'il faisait trop chaud, ou un bonnet de laine s'il faisait trop froid. Son humeur paraissait changée, cependant. Il était tendu et ne semblait pas dans son assiette.

– Il a quelques soucis. Et il y a l'affluence de Noël, expliqua Rosie. Depuis ce matin déjà on a eu, voyons voir… pas moins de dix clients ! On se croirait au lancement des soldes chez Harrods !

Elle rit de nouveau tout en tressant adroitement quelques branches de houx, dont les baies ressemblaient à de grosses perles rouges parmi les feuilles vertes. Une heure plus tard, mon oncle arriva avec sa camionnette, qu'il gara en travers de la cour pour décharger les sapins. Rosie me laissa et courut lui parler. Je n'entendais pas leurs paroles, mais la conversation paraissait animée. Je me demandai si ma présence le gênait. J'étais là depuis plus d'une semaine et il restait presque autant de temps jusqu'à Noël.

– Ça n'a rien à voir avec toi, m'assura Rosie un peu plus tard, en me tendant une tasse de thé. Il est inquiet à cause du nouveau centre de jardinage.

Elle me tendit un journal local qui consacrait un article à un projet de grande surface. Elle devait s'implanter à deux kilomètres de là, sur le terrain d'aviation abandonné où Rosie voulait m'apprendre à conduire. Une section jardinage était prévue.

– Tu crois vraiment que ça se fera ?

– Si c'est le cas, on peut déjà mettre la clef sous la porte. Rosie tourna la tête lorsqu'elle entendit une autre voiture se garer. Elle posa le journal et se précipita vers la porte.

Je voyais très peu Jeff, qui faisait des allers-retours entre le grossiste et la pépinière. Quand il n'était pas sur la route, il s'occupait de l'inventaire. Et le soir, il travaillait dans le bureau ou s'asseyait dans le salon pour faire ses mots croisés. Il gardait à côté de lui une bouteille de whisky et un petit verre de la taille d'un coquetier. Il m'adressait parfois un sourire laborieux et me lisait toute une définition, même si je trouvais rarement la réponse. Il buvait tout de même à ma santé, puis retournait à son journal.

Je passais le plus clair de mon temps avec Rosie, à travailler ou à regarder la télé ; à faire les courses, la cuisine et, une fois ou deux, j'ai pu m'asseoir au volant de sa voiture et faire des allées et venues dans les sentiers de la pépinière.

Quatre semaines s'étaient écoulées depuis ma nuit passée dans le square, et j'étais complètement rétablie. Rosie me soignait toujours comme une convalescente, à grand renfort de tasses de thé. À la boutique, je m'installais derrière le comptoir, à côté d'un radiateur électrique qui chauffait tellement qu'il me brûlait les chevilles. Pendant les heures creuses, j'allais jusqu'à la serre, gigantesque, et m'attaquais aux rangées de poinsettias, avec leurs grandes fleurs cuivrées. Je devais les déposer sur des cagettes en plastique et les préparer pour les différents marchés de Noël. J'aimais être occupée.

La fac ne me manquait pas, mais la maison si. Papa et Maman m'appelaient tous les jours et devaient venir me chercher pour le soir de Noël. En attendant, Rosie m'avait concocté un emploi du temps bien rempli.

Lorsqu'ils m'ont retrouvée, j'étais gelée. Quelqu'un a parlé d'hypothermie. Les pompiers m'avaient immédiatement transportée à l'hôpital et, petit à petit, on m'avait réchauffée. Je ne me rappelais pas grand-chose, seulement avoir eu l'impression d'être un bloc de glace en train de fondre et de dégouliner le long du lit. Mes parents, à mon chevet, portaient plusieurs couches de vêtements, des gants et un bonnet.

Les infirmières, les médecins et la police m'avaient posé beaucoup de questions. Pas mes parents. Eux savaient pourquoi je n'avais pas pu rentrer. Ils savaient, et allaient tout faire pour que les choses s'arrangent.

Ils m'ont ramenée à la maison, où j'ai gardé le lit pendant plusieurs jours. Ils se sont occupés de moi, m'ont monté des plateaux-repas et des bols de soupe. Maman s'asseyait au bord du lit et me répétait de ne pas m'inquiéter. Tout irait bien, disait-elle. Je n'avais rien fait de mal. Aveuglés par leur chagrin, ils avaient oublié que moi aussi, j'étais une enfant, et que moi aussi, ils avaient bien failli me perdre.

Ces quelques semaines me parurent irréelles. J'ai beaucoup regardé la télévision, bercée par les bavardages des émissions. J'entendais parfois la sonnette et la voix de visiteurs. Sans doute la police, à qui Maman avait tout dit pour la camionnette. Ils continuaient cependant les fouilles dans la maison de Willow Drive. La camionnette n'avait plus vraiment d'importance.

Tout le monde s'était inquiété pour moi – mes parents, Rosie, Jeff, Claire et même Teresa Russell, qui m'avait envoyé quelques messages – mais je ne m'étais jamais sentie aussi bien. J'avais brisé le secret de mon mensonge. Celui de la jeune Américaine aussi. Après leur avoir tout dévoilé, j'étais soulagée.

La locataire américaine de Willow Drive n'était pas Margaret. La police avait retrouvé Ann Carter, peu après le rapport d'expertise. Elle habitait en Alabama avec son mari et leurs deux enfants. Elle leur raconta ce qu'elle savait de son ancien colocataire. Il s'appelait Tom Banner et il était étudiant, comme elle, mais avait fini par abandonner l'université. En contrepartie du loyer qu'il lui restait à payer, il avait dallé le jardin. Rosie m'apprit que la police le recherchait. Il était le principal suspect.

Je ne voulais pas en savoir davantage. Je flottais sur une mer tranquille, après avoir essuyé une tempête. L'enquête continuait, comme un train qui passe au loin, dont je ne percevais que de vagues échos. Mes parents tentaient de me tenir à l'écart. Ils murmuraient au téléphone dans la pièce d'à côté et faisaient toujours le moins de bruit possible quand quelqu'un de l'association ou de la police venait à la maison.

Rosie renouvela son invitation et j'acceptai sur-le-champ. La veille de mon départ pour la pépinière, je retournai dans le bureau et vérifiai mes e-mails. Un message de Shelly m'attendait. J'hésitai avant de l'ouvrir. Toute cette histoire me perturbait encore. Quelques semaines auparavant, je m'étais jetée sur les informations que Shelly récoltait. J'en avais besoin. Besoin pour vivre. Mais lorsque je m'aperçus qu'elles étaient sans fondement, mon monde s'était écroulé. Aujourd'hui les mots « nouveau message » et « Shelly » me rappelaient ma faiblesse.

J'ouvris tout de même l'e-mail.

Chère Kim,

Je suis navrée de savoir que tu as été malade. Ta mère a parlé avec la mienne au téléphone, et je ne suis pas censée te recontacter. Mais je voulais te dire au revoir. Margaret et Judy sont parties la semaine dernière. Je m'étais levée tôt, donc j'ai vu le camion de déménagement garé devant chez elles. Juste à côté, il y avait un Winnebago (une sorte de gros camping-car, comme vos caravanes en Angleterre). Margaret a dit à Maman qu'elle avait reçu une offre d'emploi d'une société en Floride, et qu'elle et Judy allaient passer trois mois à sillonner les États-Unis d'une côte à l'autre. Depuis la fenêtre de ma chambre, je les ai vues sortir et fermer la maison. Margaret a glissé la clé sous la porte et elles sont montées dans le Winnebago. Judy m'a vue et m'a fait un signe. C'était une fille gentille et je suis navrée qu'elle ne soit finalement pas ta sœur. Mais l'histoire ne s'arrête pas là. Le lendemain, les huissiers sont arrivés. Apparemment, Margaret avait des dettes. Ils sont venus nous demander si elle avait laissé une adresse, mais nous n'avions rien. Et ce n'est pas tout. L'une de nos voisines nous a raconté que depuis quelques semaines, un détective privé rôdait dans le quartier et posait des questions à son sujet. Selon la rumeur, elle essaierait d'échapper à un mari violent et elle n'aurait pas véritablement adopté Judy. Elle aurait pris une nouvelle identité pour ne pas qu'il la retrouve. Et hier, la secrétaire du médecin (qui est abonnée au même club de lecture que ma mère) lui a donné une version totalement différente. D'après elle, Margaret travaillerait pour le FBI en tant qu'agent spécialiste de l'industrie pharmaceutique et aurait perdu sa couverture (pas à cause de moi, mais à son travail). Comment savoir ce qui est vrai ? Personne ne peut répondre. Ce matin, j'ai reçu une carte postale de Judy. C'était très mal écrit et je pense qu'elle a dû l'envoyer en cachette. Elle est à Las Vegas et dit qu'elle s'amuse, mais que moi et ses autres amis de Seattle lui manquons. Et voilà. Même si Margaret et Judy n'ont aucun rapport avec toi, elles restent un mystère. J'espère que tu te rétablis et que tu auras bientôt des nouvelles concernant ta sœur. Je t'embrasse très fort.

Ton amie d'Amérique,
Shelly

J'effaçai l'e-mail tout en songeant à cette jeune fille, Judy, dans les casinos de Las Vegas, au milieu des machines à sous et des néons géants. Je me la représentais avec un grand verre à la main, la paille à la bouche, donnant le bras à Margaret. Je souris en y pensant. Jetées sur les routes, elles fuyaient quelque chose. Cette histoire se terminait sur une note romanesque et cela me plaisait.

Le lendemain, mes parents m'ont accompagnée à la pépinière. Il bruinait, mais la température s'était radoucie. Je n'étais pas sortie depuis des semaines. Les routes de campagne sinueuses étaient détrempées et semblaient miroiter sous la lumière. La voiture faisait des éclaboussures en roulant dans les petites mares qui s'étaient formées dans les nids-de-poule. J'étais heureuse, j'avais l'impression de laisser mes soucis derrière moi. Maman m'a serrée très fort dans ses bras en me demandant de nous garder le plus beau sapin. J'ai choisi un spécimen de Norvège et l'ai mis de côté.

À l'extérieur, Tante Rosie virevoltait entre les clients. Elle dirigea un monsieur vers moi, tout essoufflée, débraillée, ses grandes boucles d'oreilles s'agitant dans tous les sens.

– Kim, encaisse ce monsieur, s'il te plaît. Il y a du monde dehors.

J'adressai un sourire au client et pris son billet. Dehors, trois voitures étaient garées côte à côte, et Tante Rosie rehaussait à la hâte les branches des sapins pour leur donner meilleure mine. Oncle Jeff se tenait à l'écart, adossé à la porte du bureau, les bras croisés, l'air lugubre. Je tendis un ticket de caisse au monsieur, qui repartit vers sa voiture. À l'extérieur, les autres clients faisaient leur choix et demandaient conseil à Rosie.

Je jetai un œil au journal posé sur le comptoir. Je ne vis que le titre : « L'implantation d'un supermarché menace les petits commerces. » Au-dessous était imprimée la photo d'un champ désert. La légende disait : « L'aérodrome de Fairfax, fermé en 1972. »

Je ne pus poursuivre ma lecture, car ma tante me faisait de grands signes. Je la rejoignis en courant, les bras chargés de houx.

Dix-huit

Ces derniers jours avant Noël, je n'ai cessé de penser à Judy. C'était inévitable. Avant de partir chez Rosie, Maman et moi sommes montées au grenier et avons ouvert une boîte pleine de photos. Nous en avons pris cinq ou six où on la voyait à des âges différents. Puis nous avons annoté chaque cliché : « Une journée à Southend », « Judy ramasse des fleurs à la pépinière », « Dans la nouvelle voiture de Papa », « Jeu de ballon dans la forêt », « Avec Toby », « À la fête d'anniversaire de Kim ».

Mais ce n'était pas tout. Maman avait aussi descendu un lapin en peluche, quelques personnages de la maison de poupée, ainsi qu'un de ses livres, que je n'avais pas revu depuis des années. Il racontait l'histoire d'une princesse, un garçon manqué, qui rejetait tous ses prétendants. Judy adorait cette histoire, surtout le passage où la princesse transforme tous les princes en crapauds. Je me rappelle la lui avoir lue souvent, lorsqu'elle avait environ trois ans. Elle réclamait toujours des histoires avant de s'endormir. Tombant moi-même de sommeil, j'essayais de sauter quelques passages. Dès qu'elle s'en rendait compte, elle m'obligeait à revenir en arrière et à lui lire chaque mot en lui montrant toutes les illustrations.

J'avais emporté tous ces objets avec moi chez Rosie et Jeff et les avais posés sur ma table de nuit. Chaque matin, je m'octroyais quelques minutes pour les examiner et penser à Judy, comme Pam me l'avait souvent suggéré. Je suivais enfin son conseil. Mes souvenirs ne me hantaient plus comme avant. La vérité avait finalement éclaté et je pensais à elle sans me sentir coupable. D'une certaine manière, j'y prenais même du plaisir.

Quelques jours avant Noël, alors que j'étais sous la douche, j'entendis Rosie m'appeler. Elle devait se douter que j'étais dans la salle de bains, car en revenant dans ma chambre je la vis, assise sur le lit, à regarder les photos de Judy.

– Désolée, je te cherchais et je les ai vues, dit-elle d'un air gêné. Tu as de la visite. C'est Claire. Elle t'attend dans la cuisine.

– Oh ! répondis-je, ravie de cette surprise.

J'enveloppai mes cheveux dans une serviette et descendis. Rosie avait sorti sa plus belle théière et Claire mordait dans une tartine.

– Ta tante me prépare un Earl Grey, dit Claire.

– Ça me fait plaisir de te voir.

J'étais sincère.

– J'ai pensé à t'apporter ton cadeau, dit-elle joyeusement.

Posé devant elle se trouvait un petit paquet rouge vif. Elle l'avait entouré d'un ruban argenté, noué au centre en une superbe rosette. Je culpabilisai : je ne lui avais rien acheté.

– Voyons, dit-elle en devinant mes pensées, tu n'as pas vraiment eu la possibilité d'aller faire les magasins. En plus, je ne l'ai pas acheté, je l'ai fabriqué !

Je pris le petit paquet et tentai d'en deviner le contenu. Elle avait pris un soin tout particulier pour l'emballer. J'étais touchée de son geste. Rosie versa du thé dans une tasse en porcelaine et la tendit à Claire en observant le cadeau.

– Vas-y. Ouvre-le, dit Claire en le touchant du bout du doigt. Après tout, c'est presque Noël.

Ses ongles étaient constellés de peinture rouge et ses paumes avaient une teinte verdâtre. Sans doute travaillait-elle à une œuvre sur le thème de Noël, même si j'imaginais volontiers que cela n'aurait rien à voir avec les illustrations que l'on trouve sur les cartes de vœux.

– Je suis à la pépinière, glissa ma tante en nous laissant seules.

J'ouvris le paquet, qui contenait un petit coffret en bois. À peine plus gros qu'un livre. Sur le couvercle était peint un motif floral très élaboré.

– Tu as vraiment fabriqué ça ? demandai-je en ouvrant la boîte

– Non, j'ai triché. Mais c'est moi qui l'ai peinte. Tu peux y ranger tes bijoux, chaînes, boucles d'oreilles et autres.

J'étais bouche bée. Un bref instant, je crus ne pas pouvoir retenir mes larmes, alors je me forçai à rire.

– C'est superbe. Merci beaucoup.

Je pris sa main et la serrai dans la mienne. Sa peau était sèche et grumeleuse, sans doute à cause de la peinture et de l'argile qu'elle manipulait toute la journée. Elle posa son autre main sur la mienne et la serra affectueusement. J'étais émue, et ma réaction m'embarrassait. Ce n'était qu'une boîte décorée, mais je n'avais pas l'habitude de marques d'affection si simples. Je n'avais pas eu de véritable amie depuis si longtemps…

Un peu plus tard, je la raccompagnai jusqu'à sa voiture.

– Est-ce que tu repenses souvent à cette Américaine ? me demanda Claire.

J'acquiesçai. Je lui avais tout raconté chez moi, quelques jours après ma nuit dans le parc. Elle ne m'avait pas jugée, mais m'avait écoutée, abasourdie, comme si ma méprise était tout à fait naturelle. Elle posa de nombreuses questions et examina les e-mails et autres photos avec attention. Ce soir-là, elle était repartie tout excitée et je l'imaginais déjà réaliser des tableaux sur des familles séparées, la main tendue au-dessus de l'océan.

– Il faudrait que je cesse d'y penser. Ce n'est pas ma sœur, j'en suis bien consciente maintenant. Mais je repense souvent à elle. Je l'imagine marcher dans la rue aux États-Unis, portant des baskets et mâchant du chewing-gum. L'adolescente américaine typique. Je n'arrive pas à effacer cette image.

– Et c'est si grave que ça ? demanda Claire.

– Non, mais ce n'est pas ma sœur. Et maintenant, lorsque je pense à *ma* Judy, je vois le visage de cette Américaine. Je fais une sorte d'amalgame.

Je bégayais, cherchant mes mots. À vrai dire, je ne m'étais pas vraiment rendu compte de mes sentiments jusqu'à ce que je les formule.

– Cette Américaine, elle est quelque part sur la route, non ? Claire semblait réfléchir.

J'acquiesçai.

– Tu peux tout à fait l'imaginer quand tu penses à ta sœur. Judy aurait pu lui ressembler si elle avait vécu.

J'étais choquée. « Si elle avait vécu. » Claire avait parlé sans détour, prononçant ces mots que tout le monde craignait d'employer.

– Si elle avait vécu aux États-Unis ?

– Pourquoi pas ? Et si ça peut t'aider, imagine cette jeune fille comme un symbole de ta sœur. Un esprit libre, qui voyage. Qui profite de la vie. On te l'a enlevée il y a huit ans, mais ça ne doit pas t'empêcher d'imaginer la vie qu'elle aurait pu avoir.

– Est-ce que ça ne serait pas un fantasme malsain ?

– Non, tant que tu restes consciente, au fond de toi, que ce n'est pas ta sœur. Rien qu'un fac-similé de Judy. Une représentation vivante. Ta sœur a vécu heureuse pendant cinq années. Si elle avait grandi, elle aurait pu être comme cette Américaine. Pourquoi n'y croirais-tu pas ? Cet homme qui t'a pris ta sœur peut-il aussi te voler tes rêves ? Ne le laisse pas faire. Pense à cette Américaine comme à un modèle et sers-t'en pour imaginer ta sœur. Après tout, pourquoi pas ?

Je hochai la tête. Ces mots agissaient comme un baume, apaisant et réconfortant. Adossée à la portière de la voiture, elle jouait distraitement avec ses clés. L'arme de Claire, c'était la franchise, dire ce qu'elle pensait. Elle continuait sa route, sans se soucier des obstacles. Je réalisai soudain que je n'avais pas demandé de ses nouvelles. J'eus honte.

– Comment ça va entre ton père et le petit ami de ta maman ?

– Un peu mieux. Ils n'en viennent plus aux mains. Ils sont polis l'un envers l'autre. On ne peut guère espérer plus.

Elle monta dans la voiture et baissa la vitre.

– On se voit après les vacances, à la fac.

Je hochai la tête. Elle me fixait un but. Je lui fis signe alors qu'elle s'éloignait. Immobile pendant quelques minutes, je songeai, heureuse, à cette Judy aux États-Unis, dans sa veste matelassée, debout près d'un sapin. J'étais sur le point de rentrer lorsqu'une autre voiture arriva. Un modèle banal. Un homme la conduisait et une femme était assise à côté de lui. Ils se garèrent normalement et la passagère sortit, tandis que l'homme, au téléphone, resta un moment à l'intérieur. Elle portait un imperméable et un pantalon, lui était en costume. Rien de bizarre ni de suspect chez ce couple, qui me demanda gentiment si les propriétaires étaient là.

Mais quelque chose dans leur démarche, dans leur assurance, les trahit : des policiers en civil. Je leur indiquai la porte de derrière, vers la maison, et les regardai s'éloigner. J'avais envie de les suivre, mais je changeai d'avis.

Ma bonne humeur s'était envolée et je m'isolai du côté des sapins.

Dix-neuf

Ils venaient nous annoncer qu'on avait retrouvé le corps de Judy, j'en étais certaine. Plutôt que de retourner dans la maison, je préférai aller à la boutique. J'entrai et refermai la porte derrière moi. Après avoir branché le radiateur, je m'assis sur une chaise haute, près du comptoir et de la caisse. De là où je me trouvais, je voyais la fenêtre de l'arrière-cuisine, où mon oncle, ma tante et les deux policiers se tenaient debout. En grande conversation, ils hochaient la tête, gesticulaient et remuaient les lèvres.

Rosie ne préparait pas de thé : c'était mauvais signe. Je restais assise, les jambes croisées, le cadeau de Claire serré dans mes mains. Je m'y agrippais comme à un garde-fou. Je relâchai mon étreinte et suivis du doigt les motifs peints sur le couvercle. Saisie d'un horrible pressentiment, je me levai et fis les cent pas ; je posai la boîte de Claire sur le bureau de mon oncle, à côté de son ordinateur.

Je regardai de nouveau par la fenêtre pour surveiller l'évolution de la situation ; ils n'avaient pas bougé. J'avais l'impression d'être dans un film qu'on aurait mis sur pause. Pourquoi étaient-ils ici et qu'étaient-ils venus nous dire ? Il m'aurait suffi de les rejoindre pour le savoir. Judy était ma sœur, et ces informations me concernaient directement. Mais je n'aurais pas pu supporter d'entendre leurs mots crus.

J'avais peur. Même si j'espérais toujours qu'elle soit vivante, et malgré l'image de cette jeune Américaine, j'étais certaine qu'un jour ou l'autre on retrouverait son corps. J'essayais de ne pas y penser, mais il fallait que je m'y prépare.

La porte de la cuisine s'ouvrit et ils sortirent dans la cour. Ma tante marchait en tête, se dirigeant vers la boutique d'un pas décidé, l'air déterminé. Les policiers poursuivaient leur conversation avec mon oncle. Ils semblaient tous détendus. Mes épaules se relâchèrent et je parvins à déglutir. J'avais la bouche affreusement sèche. La policière observa le ciel et leva la main, comme pour exprimer une remarque sur le temps. Ils avaient tous les yeux rivés vers la boutique, attendant quelque chose.

– Tu ne vas pas le croire, dit ma tante en poussant la porte.

Je la regardai avec appréhension, tout en essayant de détendre les muscles de mes bras par des massages.

– Cet homme qu'ils ont interrogé, Tom Banner, a dit que les dalles avaient été posées par notre entreprise.

Je fronçai les sourcils. De quoi parlait-elle ? Elle contourna le bureau, se dirigea vers les étagères et ouvrit le tiroir du bas. Visiblement, elle avait le souffle court. En tournant la tête, je vis le policier discuter avec mon oncle, qui tripotait nerveusement sa fermeture Éclair en l'écoutant attentivement. Sa collègue s'était éloignée et regardait les sapins.

– On conserve les vieilles factures dans ce tiroir. On ne sait jamais ce que les impôts peuvent nous demander, même huit ans après. Où est-ce ? Voilà... regarde, c'est incroyable...

Elle sortit un dossier du tiroir et le laissa tomber sur le bureau.

– Je ne comprends pas, répondis-je.

– L'homme qu'ils interrogent... tu sais, celui qui partageait la maison avec... l'Américaine. Elle toussota, hésitant à prononcer le mot « Américaine », craignant sans doute de me perturber.

– Ils l'ont retrouvé ?

– Il y a deux jours. Apparemment, c'est l'un de ces voyageurs *New Age* et ils ont eu du mal à le localiser. Il a changé de nom et vit dans une sorte de communauté au pays de Galles. Il nie tout en bloc, évidemment. Il affirme que ce n'est pas lui qui a dallé cette partie du jardin, mais un vieux bonhomme nommé Frank Lewis, qui a travaillé pour nous.

– Il s'est souvenu de la pépinière ?

Elle avait ouvert le dossier sur le bureau et feuilletait les papiers.

– Non. Mais il s'est rappelé Frank et son adresse. C'est la femme de Frank qui a parlé de nous à la police.

– Ah.

C'était un rebondissement inattendu. Rosie leva la tête et vit mon incompréhension. Elle reprit, d'une voix plus douce.

– Tu sais, quand Judy a disparu, nous avons passé beaucoup de temps chez tes parents... Et puis il y a eu ma fausse couche... Jeff et moi, nous n'étions plus vraiment capables de gérer l'affaire. C'est Frank Lewis qui s'est occupé de tout pendant les quelques semaines qui ont suivi. Il a dû lui vendre les dalles et se faire un peu d'argent en aidant à les poser.

Elle se remit à fouiller dans les papiers.

– Voilà, dit-elle brusquement en sortant un feuillet.

Je l'examinai. Il portait l'en-tête de la pépinière, mais la facture avait été rédigée à la main, avec l'adresse du client, à Willow Drive, et la quantité de dalles. Le paiement n'était mentionné nulle part.

– Regarde la date, souffla Rosie.

Trois jours avant la disparition de Judy. Rosie ressortit de la boutique et se dirigea vers les policiers. Avec mon oncle, ils examinèrent le papier en hochant la tête et en faisant quelques commentaires. Ils n'avaient l'air ni soulagés ni énervés, pas même surpris ni contrariés. Les policiers partirent peu après en emportant la facture. Mon oncle regarda leur voiture s'éloigner, puis regagna la maison. Rosie revint à la boutique.

– C'est bouleversant ! Dire que c'est nous qui avons fourni ces dalles... Le pauvre Frank doit s'en retourner dans sa tombe.

Elle s'interrompit et se tourna vers la fenêtre qui donnait sur le parking désert. Les yeux dans le vague, elle réfléchissait en se tordant les doigts. Je me penchai sur le bureau, où le dossier était toujours ouvert avec les papiers en désordre. En voulant les ranger, je sentis quelque chose de plus épais. Je tirai une photo de la pile. On m'y voyait avec ma sœur devant la pépinière, un jour d'été. Rosie la vit par-dessus mon épaule.

Elle avait été prise huit ans plus tôt et nous portions toutes les deux nos plus beaux vêtements. Deux petites filles qui souriaient. Ma sœur, avec son visage rond et ses boucles, ressemblait à une poupée. À côté d'elle, j'avais triste mine avec mes cheveux raides et mon timide sourire.

Derrière nous, Oncle Jeff était assis près d'un autre homme aux cheveux blancs.

Je me rappelais cette photo, que Jeff avait accrochée au mur dans un cadre métallique, derrière la caisse. Ses « adorables nièces », disait-il.

– C'est Frank Lewis, dit Rosie. Tu t'en souviens ?

– Pas vraiment. Vaguement.

– Il avait une soixantaine d'années à l'époque. C'était un fermier à la retraite que Jeff avait rencontré au *pub*. Il nous donnait un coup de main pour les périodes chargées, au printemps et en été. On le payait en liquide pour qu'il n'ait rien à déclarer. C'était un homme charmant. Il adorait les enfants. Il amenait parfois ses petits-enfants avec lui. Il vous aimait beaucoup, toi et Judy. Tu étais assez timide, mais il bavardait souvent avec elle.

Rosie avait l'air heureuse. Elle semblait s'être projetée huit ans en arrière, se revoyant assise dehors, avec Jeff, Frank Lewis, Judy et moi.

– Il n'avait que soixante-deux ans quand il a eu sa crise cardiaque.

Elle posa la photo contre la caisse et rangea le reste du dossier.

– C'est affreux de penser qu'il a pu aider à poser ces dalles, ajouta-t-elle.

Je ne voulais pas y penser. En regardant le cliché de plus près, je remarquai que Judy tenait entre ses doigts le pendentif en forme de J, comme pour le montrer à quelqu'un. Au moins, elle ne l'avait pas à la bouche. Je songeai à l'autre Judy et à son J autour du cou. Je l'imaginais le tripoter en classe, assise sur l'un de ces combinés chaise-bureau que les Américains utilisent.

J'entendis le bruit d'un moteur ronronner dans la cour. J'aperçus par la fenêtre un couple accompagné de deux enfants qui descendaient d'une Land Rover. Le petit garçon courut vers les sapins tandis que la fillette, un peu plus âgée, resta en arrière, visiblement agacée par l'excursion familiale. Je glissai la photo sur le comptoir en direction de Rosie, qui semblait perdue dans ses pensées. Je sortis, bien décidée à leur vendre un sapin de Noël.

Vingt

Ce soir-là, je surpris une dispute entre mon oncle et ma tante. J'étais montée me coucher vers onze heures, mais je n'arrivais pas à dormir. Après m'être tournée et retournée dans mon lit, je suis descendue me faire une tasse de thé. Je pensais que Rosie et Jeff seraient déjà couchés et n'avais pas enfilé de robe de chambre ni de pantoufles. Le chauffage était arrêté et il faisait froid. Je regrettais d'avoir oublié mes pantoufles, surtout dans la cuisine où le sol était en pierre.

Ma tante n'avait pas de sachets ; il me fallut donc un peu plus de temps pour préparer le thé et le laisser infuser. C'est là que j'entendis les éclats de voix, qui venaient du salon. La pendule indiquait minuit passé. C'était surprenant. Jeff et Rosie étaient bien souvent couchés avant moi. Surtout Jeff, qui aimait se lever tôt le matin.

J'ouvris le couvercle de la théière et remuai le contenu. Je perçus plus nettement la voix de mon oncle, puis celle de ma tante, qui lui disait de parler plus bas. Je ne pus m'empêcher de les écouter.

– Ça n'est pas si grave si le supermarché ouvre. On peut vendre. Notre pépinière n'est pas vraiment un commerce prospère.

Je ne saisis pas la réponse de Jeff.

– C'est vrai, reprit Rosie, on perdrait un peu d'argent. La belle affaire ! Ça fait des années qu'on parle de se lancer dans quelque chose d'autre.

– Oui ! D'aller vivre à l'étranger, par exemple !

Le ton de mon oncle était dur et grinçant, comme s'il en avait déjà été question auparavant.

– Tu sais que ce n'était pas possible. Comment aurais-je pu laisser ma sœur dans un moment pareil ?...

– Ça fait huit ans ! dit Jeff en haussant la voix.

J'étais mal à l'aise. Je me versai une tasse de thé et me dirigeai sur la pointe des pieds vers le réfrigérateur pour sortir le lait, en faisant le moins de bruit possible. J'avais l'impression d'épier leur conversation, d'être témoin de leur dispute. Je refermai doucement le réfrigérateur et sortis, la tasse à la main. À cet instant, la porte du salon s'ouvrit et les voix portèrent davantage. J'hésitai. J'aurais pu passer dans l'entrée pour qu'ils me voient. Ça n'aurait pas été si grave, après tout. Les couples se disputent toujours, mes parents me l'avaient assez souvent prouvé. Mais quelque chose m'en empêcha. Leur dispute n'avait rien d'un conflit ordinaire sur l'état de leur compte en banque.

– Écoute, dit Rosie d'une voix plus douce, peut-être que ce supermarché nous causera moins de tort que nous ne pensons. Nous avons des clients fidèles...

– Ne dis pas de bêtises. La fidélité, ça n'existe pas quand l'argent entre en jeu. Si on achète une centaine de pots, eux en achètent dix mille, il leur est facile de pratiquer des prix bien inférieurs aux nôtres. Nous allons couler.

– Nous avons le savoir-faire, répliqua ma tante. Dans ces magasins, il n'y a que des adolescents derrière les caisses. Nous offrons notre expérience, nos conseils. On pourrait aussi se spécialiser : les patios, les plantes aquatiques, l'horticulture biologique. Il y a plein de possibilités…

– Nous aurions pu partir. Nous aurions pu investir dans cette pépinière en Espagne, il y a cinq ans. Nous serions repartis de zéro. Loin d'ici, de tout ça…

Jeff semblait au bord des larmes.

– Je n'aurais pas pu partir. Je ne pouvais pas laisser ma sœur…

– Elle a une famille ! Elle a toujours Kim !

– Elle a besoin de moi… Comment peux-tu remettre tout cela en question en ce moment ! Bon sang ! On va peut-être retrouver Judy ! Ça ne te fait donc rien ? Qu'est-ce que ça peut faire qu'une grande surface s'implante à côté et qu'on perde notre affaire ? Regarde ce que ma sœur a perdu, elle !

– Nous aussi, nous avons perdu quelque chose, répondit Jeff du tac au tac. Nous avons perdu notre bébé.

– J'ai fait une fausse couche ! Comment oses-tu comparer cela avec ce que ma sœur a dû subir ?

Je battis en retraite dans le fond de la cuisine, de peur que l'un d'eux ne sorte du salon. Je ne pouvais plus les surprendre au milieu d'une dispute aussi violente.

– Nous avons perdu notre enfant.

Jeff avait du mal à articuler.

– C'était sans doute inévitable ! Ce sont des choses qui arrivent. Ma fausse couche n'avait peut-être rien à voir avec la disparition de Judy.

– Rosie, toute notre vie est régie par ce qui se passe dans ta famille. Notre couple, notre entreprise, notre compte en banque…

– Notre compte en banque aurait sans doute meilleure mine si tu buvais moins, vociféra Rosie. On se ferait peut-être moins de soucis à propos du supermarché.

– On aurait pu aller n'importe où. Nous n'avions pas d'attaches. On aurait pu voir le monde !

– C'était impossible… Pas après que Judy…

– Combien de temps faudra-t-il pour qu'on recommence à vivre ? Dix ans ? Vingt ? Quand pourra-t-on s'en remettre ?

– Voilà. Tu l'as dit. On ne s'en remettra jamais… Ce que ma sœur a vécu nous a tous affectés. Kim, Maureen et Roger en premier lieu, puis toi, moi, nos amis, nos voisins. Nous sommes tous traumatisés !

– Mais les autres continuent à vivre.

Ma tante hoqueta. Je compris qu'elle pleurait. Mon thé était déjà froid et j'avais les jambes et les pieds gelés. Mon oncle reprit, plus doucement.

– Rosie, pardonne-moi. Je t'en prie, ne pleure pas. C'est ce fichu magasin qui me contrarie. Je ne te reproche pas de soutenir Maureen. Je te comprends.

J'entendis ma tante monter les escaliers en reniflant, suivie de mon oncle :

– C'est ma faute. Je suis inquiet pour l'entreprise. Tu as raison, je bois trop…

Je les laissai monter et restai immobile pendant cinq bonnes minutes. Après avoir vidé ma tasse dans l'évier, je grimpai sans bruit les escaliers. Recroquevillée sous ma couette, je songeais à mon oncle et à ma tante, et aux huit dernières années. Ils avaient toujours été là pour mes parents ; solides, fidèles et, les premiers temps, optimistes. Au début, ma tante était persuadée qu'on retrouverait Judy. Elle pensait que c'était une femme, seule et sans enfant, qui l'avait enlevée et prenait soin d'elle, mais qui finirait par nous la rendre. Mais cela n'arriva pas. Ébranlée, Rosie se réfugiait dans la cuisine, où elle préparait des repas auxquels personne ne touchait. Jeff, qui buvait de plus en plus, proposait toujours un remontant à mes parents.

Puis il y eut la fausse couche de Rosie. Elle était dans sa seizième semaine de grossesse et le médecin lui apprit que c'était une fille. Rosie minimisa la tragédie. Comme une averse après l'ouragan, son épreuve fut noyée par la nôtre, à peine remarquée. Sur le moment, je n'y avais même pas pensé. Personne, je crois, n'y avait vraiment prêté attention.

Cette nuit-là, emmitouflée dans la couette, je restai éveillée à imaginer ce qui se serait passé si son enfant avait vécu.

Au cours de cette terrible année, ma tante, tout comme ma mère, avait perdu un enfant.

Vingt et un

Le lendemain matin, Rosie fredonnait en préparant le petit déjeuner. Il était plus de neuf heures, mais je n'arrivais pas à me réveiller. La cuisine embaumait l'odeur de la pâtisserie. De la pâte était étalée sur le plan de travail. Rosie avait un air gai, avec sa chemise vermeille et son nouveau jean. À ses oreilles pendaient des boucles en forme de sapin et, l'espace d'un instant, je crus qu'elles clignotaient.

– Du thé ? me demanda-t-elle joyeusement.

Je répondis par un signe de tête et aperçus par la fenêtre mon oncle qui chargeait les cagettes de poinsettias à l'arrière de la camionnette. Il ne restait que deux jours avant Noël et il était débordé. Je tirai une chaise et m'assis, tout en pensant que j'aurais peut-être dû remonter m'habiller pour aller l'aider. Rosie déposa une tasse de thé fumant devant moi et se remit à la pâtisserie.

– Je pensais préparer quelques tartelettes de Noël pour ton père. Tu les prendras avec toi demain, en partant. Je sais qu'il adore ça, et quand elles sont faites maison, c'est tout de même meilleur.

Je l'écoutais distraitement. Je soufflai sur mon thé et le bus lentement. Une voiture que je reconnus passa à toute vitesse devant la fenêtre. Les pneus crissèrent légèrement lorsqu'elle freina pour se garer. Je sursautai et posai ma tasse. Ma mère sortit de la voiture et Jeff se dirigea vers elle. D'un geste, elle l'entraîna vers la maison. Papa ne l'avait pas accompagnée et elle paraissait agitée. Son col mal mis dépassait de sa veste, enfilée de travers. Elle n'avait ni panier ni sac, rien que son trousseau de clés. Son visage était blême et ses cheveux en bataille. Il s'était certainement passé quelque chose.

Rosie vit mon expression et regarda par la fenêtre.

– Oh ! Mon Dieu ! s'exclama-t-elle.

Elle fit voler de la farine en joignant les mains. Je me rappelai soudain la soirée chez Teresa, lorsque nous avions fait les tartelettes à la confiture. D'abord, étaler la pâte jusqu'à ce qu'elle soit assez fine, puis la découper à l'aide des moules, en forme de cœurs ou de cercles, et enfin ajouter la confiture, rouge sang.

Je me levai quand ma mère entra et posai la main sur son bras. Mais elle ne me vit pas. Son bras était raide, et malgré ses vêtements, je sentis sa peau glacée.

– La police a appelé ce matin, dit-elle.

Rosie se cramponna au dossier d'une chaise.

– Ils ont trouvé… ?

– Non, non. Ma mère secoua nerveusement la tête. Pas encore. Mais c'est au sujet de Frank. Frank Lewis.

– Eh bien quoi, Frank ? dit Jeff.

– Apparemment… Bien sûr, vous n'étiez pas au courant. Comment auriez-vous pu savoir… Vous ne l'auriez jamais laissé en présence des filles…

– Quoi ? Quoi ? s'exclama Jeff en secouant ma mère par le bras.

– Il avait un casier judiciaire. Une agression. Il avait cinquante ans lorsque la fille de ses voisins a porté plainte.

– Tu veux dire qu'il l'a frappée ? Pas Frank ! dit Rosie d'une voix qui tâchait d'être ferme.

– Non, ce n'est pas ça. Il l'a touchée… Une agression sexuelle…

– Non, dit Jeff, catégorique. Pas Frank Lewis, c'est impossible.

Les lèvres pincées, Jeff tremblait en prononçant son nom.

– Apparemment, rien n'a été prouvé. Il n'y a pas eu de procès. Mais c'est resté dans son casier et il n'y a jamais eu aucun autre élément. La police a contacté la jeune fille… c'est une adulte aujourd'hui, elle a une vingtaine d'années. Mais elle n'en démord pas.

– C'est incompréhensible…

– Tom Banner n'est pas revenu sur sa version des faits. Et les rapports n'ont pas établi de lien entre lui et les vêtements de Judy. Maintenant, la police pense à Frank Lewis. Il aurait pu être en voiture dans Willow Drive au moment où Judy s'y trouvait.

Aucun de nous ne bougeait.

– Judy le connaissait. S'il s'était arrêté pour lui dire de monter, elle n'aurait pas refusé, ce n'était pas un étranger.

Maman parut perdre l'équilibre pendant quelques secondes. Rosie l'aida à s'asseoir. Je me penchai et posai la main sur l'épaule de ma mère. Elle semblait vibrer de l'intérieur, et lutter pour ne pas exploser.

– La police va fouiller sa maison. Ils veulent aussi fouiller la pépinière.

Jeff blêmit et Rosie eut un mouvement d'horreur.

– La police pense que Judy pourrait être… ici ? demanda Jeff.

– Pas nécessairement. Ils n'ont aucune certitude. Ils cherchent toujours le reste de ses vêtements… Maman leva les mains en signe d'impuissance.

– Mais… et la femme de Frank… et ses enfants ? insista Jeff.

Rosie le regarda, consternée.

– Eh bien quoi ? dit-elle d'un ton strident.

– Je n'arrive pas à y croire. Je le connaissais bien. Il n'y avait rien qui laissait penser cela. C'était un père de famille honnête. Que va dire sa femme ?

– Qu'est-ce que ça peut bien nous faire ? dit Rosie, exaspérée.

– Je devrais aller lui parler…

– Pour quoi faire ?

Mais Jeff était déjà parti en marmonnant. Par la fenêtre, je vis sa silhouette voûtée monter dans la camionnette. Il démarra en trombe. Rosie s'assit, dos à la fenêtre.

Je mis la bouilloire à chauffer pendant que Maman et Rosie poursuivaient leur conversation, tout en pensant à cette photo où l'on voyait Frank Lewis, ce gentil monsieur retraité qui aidait à la pépinière, discuter avec Judy. Je m'en souvenais mieux maintenant. Je le revoyais, à la boutique. Un homme vigoureux, aux cheveux d'argent et au teint vermeil. Il trimballait toujours un paquet de tabac avec du papier à cigarettes, et dès qu'il n'avait plus les mains occupées, il en profitait pour en rouler une ou deux. Judy le regardait faire, émerveillée, et demandait souvent si elle pouvait en faire une aussi. « Jamais de la vie », répondait-il en riant. Tante Rosie m'avait dit que j'étais timide en sa présence. En réalité, je n'aimais pas son odeur. Je ne savais pas pourquoi, mais Maman avait un jour dit qu'il avait toujours sur lui des pastilles anisées. Sans doute était-ce cela.

Je préparai le thé et sortis les tasses pendant qu'il infusait. Rosie était au bord des larmes.

– Ma pauvre Rosie, dit Maman. Ils ne commenceront sans doute les fouilles ici qu'après Noël. Mais tu ne devrais pas rester là. Jeff et toi passerez le réveillon à la maison. Vous pouvez arriver aujourd'hui, ce soir, dès que vous serez prêts. Je vais ramener Kim avec moi. Venez quand vous voulez.

Rosie acquiesça, les lèvres serrées.

J'étais soudain agacée sans réellement comprendre pourquoi. J'étais ici pour voir mon oncle et ma tante et pour fuir l'ombre de Judy, mais elle m'avait poursuivie. Ma sœur et son histoire me hantaient. Lorsqu'elle était en vie, elle était sans arrêt dans mes jambes, à vouloir parler, jouer, me tenir compagnie et être mon amie. Maintenant qu'elle était morte, son souvenir s'agrippait au moindre de mes mouvements, à la moindre de mes pensées, quoi que je fasse, où que j'aille. Est-ce qu'il en serait toujours ainsi ? Me suivrait-elle partout ? Pour le restant de mes jours ? Je regardai les tartelettes de Noël, que Rosie n'avait pas finies. Je posai ma tasse et me mis à la tâche. J'étalai la garniture sur la pâte. Ma mère et ma tante discutaient à voix basse. Je recouvris les tartelettes et comblai les interstices. Ne serais-je jamais libérée de ce qui était arrivé à ma famille ? Ou bien faudrait-il que je porte éternellement ce fardeau sur mes épaules ? Je posai mes mains sur le plan de travail et appuyai de toute mes forces, révoltée, gagnée par un sentiment d'injustice, de colère. Pourquoi moi ? Pourquoi nous ?

Je pensai alors à mon père. Où était-il à cet instant précis ? Au commissariat ? Seul à la maison ? Dans le bureau, à rédiger la prochaine lettre d'informations de l'association ? Peut-être était-il sorti acheter les cadeaux de Noël. Je le voyais déambuler dans un grand magasin, les bras chargés de paquets, fatigué mais heureux. Le souffle court, je m'imaginai à ses côtés, un chant de Noël en fond sonore, faisant moi aussi mes achats, toujours prisonnière de mon chagrin pour ma sœur disparue. L'espace d'un instant, je souhaitai ne jamais avoir eu de sœur. Si elle n'avait pas existé, nous n'aurions pas traversé ces périodes douloureuses.

La honte m'arracha un profond sanglot. J'essayai de toutes mes forces de le contenir. Je serrais de plus en plus fort le plat de tartelettes. Derrière moi, les murmures avaient cessé. Je devinais leurs regards fixés sur moi. Je ne me retournai pas. Je ne voulais pas de leur réconfort. Je ne faisais qu'avaler ma salive, ravalant en même temps mes larmes. Puis, je pris le plat et le glissai soigneusement à l'emplacement le plus haut du four.

Je reculai et regardai les tartes cuire. Cette fois-ci, je ne les laisserais pas brûler et je les ramènerais à la maison pour Papa.

Vingt-deux

Rosie et Jeff devaient arriver le 24 en fin d'après-midi. Avant cela, avait dit Rosie, il leur restait des clients à livrer et du rangement à faire à la pépinière. Ils feraient ensuite leurs valises et descendraient chez nous. Mes parents et moi nous étions surpassés pour la décoration. Nous avions installé puis garni le sapin de Norvège avec des guirlandes, dont une électrique que Papa venait d'acheter.

– Nous voulons un Noël heureux, cette année, avait dit Maman d'un air radieux.

Mais sa bonne humeur n'était qu'une façade. Ses traits tendus, ses lèvres pincées, trahissaient son inquiétude. Nous en prenions notre parti. Papa fredonnait tout en manipulant le boîtier électrique de la guirlande. On pouvait régler la vitesse du clignotement et l'intensité de la lumière. Papa nous faisait voir les différentes positions et nous regardions les bras croisés, tâchant de choisir notre préférée. Tout comme une famille normale.

Je reçus un appel de Claire, qui voulait avoir de mes nouvelles et me souhaiter un joyeux Noël. « On se voit le semestre prochain ! » En raccrochant, je me souvins de son cadeau, la petite boîte en bois dont elle avait soigneusement décoré le couvercle. Je l'avais oubliée à la pépinière. Elle était restée sur le bureau de mon oncle, à la boutique. J'appelai Rosie, qui promit de me la rapporter.

Nous avions toujours fêté Noël. Même celui qui suivit la disparition de Judy, bien que nous l'ayons célébré timidement, avec un arbre minuscule et quelques guirlandes. C'est la quantité de cartes de vœux qui nous surprit. Elles arrivèrent par sacs entiers, et nous avions peine à croire qu'elles étaient toutes pour nous. La plupart d'entre elles indiquaient « Famille Hockney », adressées aux bons soins du journal local. D'autres nous parvinrent par le biais de la police. D'autres ne mentionnaient que notre nom et la région où nous vivions. Ces messages de compassion, d'espoir ou de tristesse étaient griffonnés sur des cartes représentant le Père Noël, la Nativité, des sapins couverts de neige ou des maisonnettes aux cheminées fumantes

Nous les avons toutes lues, sans exception. Nous en avons même exposé certaines dans le salon. Curieusement, elles nous réconfortaient. Cela voulait dire que les gens pensaient aussi à Judy, et pas seulement à nous. Elle n'avait disparu que depuis quelques semaines, et nous avions tous cru qu'elle serait revenue pour les fêtes. Au fond, qui serait assez cruel pour retenir Judy loin de sa famille le jour de Noël ? Je suis certaine que Papa et Maman lui avaient acheté des jouets, même s'ils les ont gardés cachés.

Le deuxième Noël fut sans doute le pire. Les médias nous avaient oubliés et les recherches n'avançaient pas. Judy n'était plus qu'un fichier dans l'ordinateur de la police. L'inspecteur chargé de l'affaire passait de temps en temps un appel de routine. Il n'y eut plus de cartes de vœux, seulement celles de la famille et des amis, et quelques cadeaux. Nous n'étions que tous les cinq pour le réveillon, et je regardais la sixième chaise, qu'on avait déplacée dans un coin de la pièce. Je crus apercevoir ma sœur assise dessus, comme une présence muette, nous observant manger.

Maman et moi avons terminé de décorer le sapin dans l'après-midi. Pendant que nous nous reposions, je lui ai parlé de la fausse couche de Rosie.

– J'ignore pourquoi ils n'ont pas eu d'autre enfant, dit-elle d'une petite voix. J'ai toujours pensé qu'il y avait un rapport avec la disparition de Judy.

Bien sûr… Je le savais avant même d'avoir posé la question. Le ton douloureux de Jeff, lors de leur dispute, résonnait encore dans ma tête. « Combien de temps faudra-t-il pour qu'on recommence à vivre ?

– Nous sommes tous traumatisés », lui avait répondu Rosie. Comme une vitre brisée dont la fissure, en se propageant, lézardait toute la surface du verre. C'était irréparable.

Rosie est arrivée seule, sur le coup de quatre heures. Je l'ai aidée à monter tous ses paquets : trois grands sacs contenant des fruits, des gâteaux et des bouteilles de vin ; deux cartons remplis de cadeaux et une valise avec les affaires de Jeff et les siennes. Après avoir tout rentré, je retournai à la voiture chercher son tricot.

– Jeff a encore deux ou trois choses à régler. Il descendra ensuite directement, dit-elle essoufflée. Il n'a fait que travailler, enfermé dans le bureau toute la journée.

Maman monta avec elle pour l'aider à défaire sa valise et je les entendis bavarder comme si elles ne s'étaient pas vues depuis des semaines. Papa, lui, était assis dans le salon. Il leva les yeux au ciel, comme pour désigner les deux sœurs, et haussa les épaules. Je m'installai sur le canapé et pris la télécommande. Toutes les chaînes proposaient le même assortiment de programmes pré-réveillon : jeux télévisés, quiz, dessins animés et vieux films. J'arrêtai mon choix sur la chaîne d'informations, mais coupai le son. Les sujets traitaient des achats de dernière minute dans les grands magasins, des discours de dirigeants politiques, de la bénédiction du pape à Rome, le tout en silence, comme un film muet.

Papa avait meilleure mine. Il avait ses baskets neuves aux pieds et s'était fait couper les cheveux. Ses joues étaient empourprées, comme s'il avait fait un peu d'exercice. C'était une bonne chose. Il avait passé beaucoup trop de temps assis dans son fauteuil, en pantoufles. J'allais lui en parler lorsqu'un visage qui m'était familier apparut à la télévision. C'était l'inspecteur Robinson, ou Robbins, ou Roberts – je ne me rappelais toujours pas son nom. Mon père regardait aussi l'écran. J'hésitai à remettre le son. Je pensais que Papa me le demanderait, mais il ne dit rien. Il était enfoncé dans son fauteuil et fixait le policier, la bouche entrouverte. Je laissai la télécommande sur la table basse et m'appuyai sur les coussins. L'image de Judy apparut dans un coin de l'écran, pendant que l'inspecteur poursuivait sa déclaration. C'était une photo d'identité. Puis il y eut quelques plans de la maison de Willow Drive, là où l'on avait retrouvé ses vêtements.

Le fait d'avoir coupé le son rendait l'atmosphère irréelle. À l'étage, Rosie et Maman s'affairaient dans la chambre, ouvrant et refermant des tiroirs. Un silence religieux régnait dans le salon. Les lumières clignotantes du sapin se reflétaient dans l'écran, que mon père et moi fixions sans dire un mot. On vit ensuite l'extérieur d'un commissariat et des voitures de police qui entraient et sortaient du parking. Puis la photo d'un homme apparut. Le genre de photo prise après une arrestation, mais celle-ci ne comportait pas de numéro. Il s'agissait de Frank Lewis, plus jeune que je ne l'avais connu. Mon père sembla respirer plus fort, un soupir à peine audible. La voix *off* donnait sans doute quelques détails quant à la possible implication de Frank. Peut-être faisait-elle un appel à témoins. Mais si longtemps après, et à la veille de Noël, qui y prêterait attention ?

L'inspecteur revint à l'image et sa bouche remua. Un numéro de téléphone s'inscrivit au bas de l'écran. Ce fut tout. Une présentatrice se tenait devant une carte, s'apprêtant à annoncer la météo. Avec son bonnet rouge à pompon blanc, elle avait l'air franchement ridicule.

Je me tournai vers mon père.

– Ça sera bientôt fini, n'est-ce pas ? Ils vont retrouver Judy et on saura ce qui s'est réellement passé ?

Il hocha la tête, les traits tendus.

– Nous organiserons des funérailles et nous pourrons lui dire adieu.

J'appuyai sur la télécommande et l'écran s'éteignit. Une impression solennelle emplit la pièce, comme si nous venions de prononcer une sentence. Je voulais me précipiter vers mon père, le serrer fort contre moi, mais à cet instant j'entendis le pas lourd de Rosie descendre les escaliers. Elle avait les bras chargés de paquets enrubannés.

– Je fais de la concurrence au Père Noël, dit-elle en se penchant pour déposer les cadeaux au pied du sapin. Ha ! Kim, voilà la boîte que t'a offerte Claire. J'ai failli l'oublier en partant, mais au moment où je démarrais la voiture, Jeff est sorti en courant du bureau pour me la donner.

Je pris la boîte.

– C'est joli, dit Papa. Est-ce que c'est Claire qui l'a peinte ?

Je hochai la tête, la lui tendant pour qu'il puisse l'admirer. Elle semblait plus lourde, et quelque chose bringuebalait à l'intérieur. Je l'ouvris et vis, à ma grande surprise, une enveloppe. Au début, je crus que Claire y avait glissé un message que je n'avais pas vu. Mais c'était impossible, car je me rappelais distinctement l'avoir examinée avec attention le jour où elle me l'avait offerte. Quelque chose y était écrit, si petit que je pouvais à peine le lire. Puis je déchiffrai : « Pour Rosie ».

– Il y a une lettre pour toi à l'intérieur, lui dis-je.

Elle ne m'entendit pas. Elle relatait à mon père une histoire de guirlande électrique qu'elle avait achetée avec Jeff l'année précédente et qui ne marchait pas. Ils l'avaient changée trois fois sans succès avant de finalement se faire rembourser.

L'enveloppe avait presque la même taille que la boîte. Elle s'encastrait parfaitement à l'intérieur. Dessus, je caressai du doigt le nom « Rosie », curieuse de savoir pourquoi cette lettre avait atterri là. Elle était gondolée par endroits, comme si quelque chose était coincé dessous. Je dégageai la lettre avec mon ongle et la tendis à Rosie.

– C'est pour toi, lui dis-je en élevant légèrement la voix pour attirer son attention.

Au fond de la boîte, je vis une petite chaîne métallique logée dans un coin. Le métal était sale et vieilli. La touchant du bout du doigt, je me demandai ce qu'elle faisait là. J'essayai de l'attraper avec mes ongles. Ma tante répétait : « Mais qu'est-ce que c'est ? Qu'est-ce que ça peut bien être ? C'est l'écriture de Jeff ! »

En prenant la chaîne, je vis la lettre fine et dorée qu'elle cachait. La lettre J. Je la soulevai et le pendentif se balança d'avant en arrière. Mon père me regarda, déconcerté, ne comprenant pas vraiment ce que je tenais. Rosie déchira l'enveloppe et s'exclama : « Qu'est-ce que ça veut dire ? »

C'était la chaîne de ma sœur. Je retournai la boîte, espérant peut-être qu'une explication en sortirait, comme s'il s'agissait d'un chapeau magique dont je tentais de découvrir le secret. J'entendis la porte s'ouvrir et ma mère lancer : « Qu'est-ce que c'est ? »

Une douleur violente me martela soudainement le crâne alors que je regardais cette chaîne sale qui pendait à mon doigt et ce J qui tournoyait sur lui-même. La dernière fois que je l'avais vu, il était accroché au cou de ma sœur. Je fermai les yeux, prise de vertiges.

– Qu'est-ce que c'est ? répéta Maman.

Sa voix perça les ténèbres. Je ne voulais surtout pas la regarder. Quelques secondes lui suffiraient pour reconnaître la chaîne. Au bruit du papier froissé, je compris que Rosie avait déplié la lettre. Puis j'entendis sa voix.

– Oh ! Mon Dieu, dit-elle, le souffle court. Oh ! Mon Dieu, non… Pas Jeff… Je vous en prie… Pas lui.

Mais cette lettre venait bien de lui. Et le pendentif aussi.

Vingt-trois

La lettre était longue et détaillée. Nous l'avons lue et relue en attendant l'arrivée de la police. Égarée, Rosie refusait d'y croire. Papa et Maman étaient sous le choc. Ils se sont assis à ses côtés et l'ont soutenue alors qu'elle pleurait en silence et frissonnait parfois. Désorientée, incapable de rester en place, je me tins contre le mur, près du canapé, puis sur le rebord de la fenêtre. C'était Noël. Notre sapin scintillait dans son coin, tous ces beaux paquets aux couleurs étincelantes à son pied. Rien n'avait changé, mais tout était différent, comme un univers parallèle. J'avais ouvert la boîte de Pandore et ses secrets bouleverseraient à jamais nos existences. Les pages de la lettre étaient éparpillées sur la table basse. Je me penchai, pris les trois feuillets et la relut une troisième fois.

Ma Rosie chérie,

Il te sera sans doute plus difficile de lire cette lettre qu'à moi de l'écrire. Tu n'entendras plus parler de moi, car je suis un lâche, et les lâches choisissent la facilité. J'ose te le demander : n'essaie pas de me retrouver.

J'ai vu Judy dans cette rue, il y a huit ans. J'ai si souvent voulu le dire, à voix haute, et me décharger enfin du fardeau de cette terrible soirée. Au lieu de cela, j'ai enfoui ce secret du mieux que j'ai pu. J'étais terriblement naïf de croire que je pourrais l'oublier et mener ma vie comme si rien ne s'était passé. J'ai pourtant tenté de le faire. J'aurais dû parler tout de suite. Je te demande simplement de lire mon récit et ne pas me haïr tout à fait.

Cet après-midi de novembre, j'avais livré des matériaux à des détaillants du coin. Je ne sais pas si tu te rappelles cette époque (avant la disparition de Judy), mais les affaires allaient mal. Après cet été maussade et pluvieux, nous n'avions pas écoulé la moitié du stock. Tu étais enceinte et j'espérais mettre un peu de côté pour notre enfant. Mais le banquier ne s'était pas vraiment montré compréhensif, et il était question d'hypothéquer la maison et l'entreprise. Je ne t'en avais pas parlé, car je ne voulais pas t'inquiéter. J'ai commencé à boire, mais ça, tu le savais sans doute. Ce que tu ignorais, c'est que j'allais au *pub* le midi et que j'y prenais toujours quelques verres. Et ensuite, c'est vrai, je reprenais le volant.

Cet après-midi-là, j'étais en retard pour les livraisons et l'une des entreprises avec lesquelles je travaillais m'avait informé qu'ils changeaient de fournisseur. Déprimé, je suis retourné au *pub* vers quatre heures. Après deux pintes, je suis sorti à cinq heures et demie. En passant près de chez Maureen et Roger, j'ai aperçu la petite Judy qui marchait, toute seule. Son pull rose tranchait dans la rue sombre. Je me suis arrêté. Il faisait froid et elle n'avait même pas de manteau. J'ai ouvert la porte de la camionnette pour qu'elle monte. Elle pleurait parce qu'elle avait perdu son ballon qui s'était envolé, puis accroché dans un arbre. J'ai réussi à la consoler un peu. Je lui en ai sans doute promis un autre. J'avais l'intention de la ramener directement chez elle.

Mais je ne l'ai pas fait. Elle m'a dit que sa maman était sortie et que son papa était à la boutique. J'ai essayé de joindre sa mère sur son portable, mais il était éteint. Et personne ne répondait à la boulangerie. Je ne savais pas quoi faire et j'ai décidé de l'emmener à la pépinière d'où j'aurais appelé ses parents. Toi ou moi aurions pu la ramener plus tard.

L'accident s'est produit sur cette portion de route mal éclairée, là où la chaussée se rétrécit. Je n'ai percuté aucun autre véhicule, j'ai juste pris un virage trop vite. Judy papotait, comme d'habitude ; une vraie pipelette. En une seconde, j'ai perdu le contrôle du volant, et la camionnette a fait une embardée dans une haie. J'ai voulu freiner, mais la voiture a glissé de plus belle.

J'ai dû perdre connaissance pendant quelques minutes, ou quelques secondes, je ne sais pas. Quand je suis revenu à moi, j'étais assis sur mon siège, retenu par ma ceinture de sécurité. Le pare-brise était intact et je n'avais rien. Étourdi, je clignais des yeux pour essayer de retrouver mes esprits. Pendant quelques minutes, je ne me suis souvenu de rien ; ni de l'accident ni de ce qui l'avait précédé. Je savais simplement qu'il s'était passé quelque chose, et que je n'avais rien. Ne voyant pas d'autre voiture ni la police, je fus soulagé. J'ai redémarré, et la camionnette est partie du premier coup.

C'est là que je me suis souvenu de Judy. En me tournant, je l'ai vue, affalée sur son siège comme une poupée de chiffon, la tête contre la vitre. C'était horrible. J'étais liquéfié, pris de nausées. Je sortis de la camionnette et me suis précipité vers le fossé. J'étais étourdi, sans doute à cause de l'alcool. Puis j'ouvris doucement la portière du côté passager.

Elle n'avait pas mis sa ceinture. Je ne lui avais pas dit de le faire, j'avais oublié. Distrait par son histoire de ballon, je n'avais pas pensé à le lui rappeler.

Elle était déjà morte, j'en étais certain. Je l'ai sortie de la voiture. Le sang avait coulé de sa tempe sur ses vêtements et sur une de ses chaussures. Son corps était encore chaud et j'ai essayé de la ranimer, même si, au fond, je savais que c'était inutile. Je l'ai serrée fort dans mes bras. J'aurais donné n'importe quoi pour la sauver. Il faut me croire.

Elle ne s'est sans doute rendu compte de rien. En un instant, nous sommes sortis de la route. Avec la vitesse, elle avait dû être projetée en avant et avait percuté le pare-brise. C'est probablement ça qui l'a tuée. Sa blessure était superficielle, et elle a sûrement subi un traumatisme interne, une fracture du crâne ou une hémorragie cérébrale. Je ne sais pas, je ne suis pas médecin.

Passant la main sur le pare-brise, j'ai cherché une trace d'impact. Rien. Cette pauvre enfant était si frêle qu'elle n'a même pas laissé de marque. J'ai trouvé sa chaîne, qui avait dû se décrocher, ou peut-être l'avait-elle enlevée.

Je l'ai allongée à l'arrière de la camionnette. J'avais l'intention de l'emmener à l'hôpital, mais j'ai seulement roulé au hasard. Sans comprendre comment, je me suis retrouvé près de l'ancien aérodrome. Inconsciemment, je devais penser que je n'y rencontrerais personne.

Je suis resté auprès d'elle pendant plusieurs heures. Puis je suis rentré en la laissant là. Le lendemain, pendant que vous étiez au commissariat, je suis retourné l'enterrer. J'ai gardé ses vêtements et ses chaussures, sans savoir quoi en faire. Prostré, malade de chagrin et de culpabilité, j'ai dû mettre une semaine à sortir de mon mutisme. J'étais terrifié, hystérique, dès que je voyais ses vêtements.

Alors, je les ai enterrés sous les dalles d'un jardin où Frank Lewis travaillait. J'ignore pourquoi j'ai conservé la chaîne. Je ne pourrais pas l'expliquer.

Aucun mot ne pourrait exprimer mes remords.

Je t'en supplie, pardonne-moi, même si je ne le mérite pas.

Jeff

La sonnette retentit. C'était sans doute l'inspecteur. Papa, Maman et Rosie semblaient faire corps sur le canapé, alors j'ai ouvert la porte, la lettre à la main, prête à la leur remettre.

Mais c'était un chœur de Noël composé de trois adolescentes et d'un petit garçon. Embarrassés, ils pouffèrent un peu avant d'entonner *Douce Nuit*. Au début, c'était un peu faux, mais une fois lancés, ils trouvèrent le ton juste. Je les laissai continuer alors même que j'aperçus, au loin, une voiture de police qui remontait la rue.

Après deux couplets, j'étais comme hypnotisée, incapable de bouger. Je ne voulais surtout pas qu'ils s'arrêtent.

Vingt-quatre

La cérémonie eut lieu début février, par une froide journée ensoleillée. La glace craquait sous nos pas, mais le ciel était d'un bleu méditerranéen.

Les voitures arrivèrent vers dix heures et Papa, Maman, Rosie et moi sommes montés dans la première. Devant nous, il y avait le corbillard dans lequel reposait le cercueil blanc de Judy, recouvert de fleurs.

D'autres membres de la famille, ainsi que les policiers qui s'étaient longtemps chargés de l'affaire occupaient la deuxième voiture. Des amis, des voisins et l'ancienne institutrice de Judy, accompagnée de quelques-uns de ses anciens élèves, avaient également fait le déplacement.

Le crématorium était bondé. Je ne reconnus pas certains visages, mais beaucoup étaient familiers. Teresa Russell était là, ainsi que sa maman. Claire était venue avec sa mère et son père (ou peut-être était-ce le petit ami de sa mère). Pam était au fond de la salle et me fit un signe de la main.

Le service funèbre fut court et non religieux. Une certaine Rosemary, membre d'une association de soutien, que nous avions connue au cours des semaines précédant les obsèques, fit office de maître de cérémonies. Elle parla d'abord de Judy. De sa vie, de sa personnalité, de ses habitudes, expliquant qu'elle adorait les vêtements et qu'elle aidait souvent son papa à la boulangerie. Pas un mot au sujet d'Oncle Jeff. À quoi bon ?

La police l'avait rattrapé le lendemain de Noël, dans sa voiture, près des falaises de Beachy Head. Après sa lettre, ils étaient certains de le retrouver mort. Nous pensions la même chose. Mais il avait dû manquer de courage, tout comme le soir de la mort de Judy. Il était assis au volant, une bouteille de whisky à la main. Il y avait plusieurs bouteilles vides à l'arrière. Il était gelé et incohérent.

Le rapport d'expertise n'avait pas contredit sa version des faits, mais il ne l'avait pas non plus confirmée. La police n'était pas encore sûre de pouvoir l'arrêter.

Rosemary, qui avait pris les choses en main, suggéra de se concentrer sur la vie de Judy et les circonstances de sa mort. Selon elle, les huit années d'incertitude ne devaient rien changer.

L'inspecteur, dont le nom était bien Robbins, fit un bref discours. Il insista sur l'importance de connaître la vérité sur sa disparition. Elle avait été victime d'un accident de la route. Ni plus ni moins. Elle était très certainement décédée sur le coup. Elle n'avait rien senti, dit-il. Judy avait offert à sa famille cinq années de bonheur, et c'est de cela que nous devions nous souvenir. À bien des égards, nous avions beaucoup de chance.

L'emploi du mot « chance » me parut déplacé, mais ça n'était pas la première fois qu'on l'associait à ma famille.

Et cette fois-ci, il avait une autre signification. Après ces horribles années de doute sans savoir si Judy avait été enlevée, attaquée ni assassinée, nous connaissions maintenant la vérité. Nous ignorions jusqu'alors si Judy avait vécu pendant plusieurs heures, plusieurs jours peut-être, après sa disparition. Si elle avait souffert ou si elle avait eu peur. Aujourd'hui, nous savions. Elle était morte sur le coup, et cela nous réconfortait.

Pour la cérémonie, ses anciens camarades de classe avaient préparé une chanson. J'observai leurs visages. Ces adolescents timides se demandaient sans doute ce qu'ils faisaient là. Ils avaient simplement répondu à l'appel de leur institutrice. L'un était particulièrement grand, presque autant que moi. Un ou deux étaient potelés, un autre très maigre. Beaucoup avaient des coiffures assez modernes, sauf une, avec de longs cheveux fourchus, qu'elle n'avait probablement jamais coupés.

À quoi aurait bien pu ressembler *ma* Judy ? Je portai la main à ma gorge et pris son pendentif en J. Je songeai alors à la jeune Américaine. Où pouvait-elle se trouver en cet instant ? Les mots de Claire me revinrent : « Pense à elle comme à un symbole de ta sœur. Un esprit libre, qui voyage. Qui profite de la vie. »

La cérémonie touchait à sa fin et l'une des organisatrices nous demanda de nous lever pour chanter une dernière fois. Je m'imaginai la jeune Américaine dans une voiture décapotable lancée à toute allure sur une autoroute, quelque part aux États-Unis. Autour d'elle s'étendait l'immensité d'un paysage aride qui ressemblait au Grand Canyon. La terre était couleur d'ocre et le soleil, pareil à une orange. Ma Judy américaine était assise sur le siège passager et jouait avec son pendentif en J, qu'elle avait la manie de mettre dans sa bouche. Sa mère, Margaret (un ancien agent du FBI), portait des lunettes de soleil et tenait le volant d'une seule main, l'autre coude posé nonchalamment sur la portière.

Je fixais le petit cercueil blanc qu'un rideau de velours cachait à moitié. Tout le monde le regardait. Le bras de mon père se glissa sous le mien. En penchant la tête sur le côté, je vis que Maman, Rosie, Papa et moi ne formions plus qu'un.

Lorsque le cercueil disparut, je fermai les yeux. J'étais de retour aux États-Unis. Judy avait les mains levées vers le ciel et ses cheveux bouclés volaient au vent. Elle fredonnait l'air qui passait à la radio. Devant elle, la route s'étirait en un long ruban de bitume, menant vers une grande ville aux possibilités infinies.

C'est cette image que je voudrais garder.

DANS LA MÊME COLLECTION

MACADAM

MILAN

L'Affaire Jennifer Jones
d'Anne Cassidy

Traduit de l'anglais
par Nathalie M.-C. Laverroux

Alice Tully. 17 ans, jolie, cheveux coupés très court. Étudiante, serveuse dans un bistrot. Et Frankie, toujours là pour elle.
Une vie sans histoire.
Mais une vie trop lisse, sans passé, sans famille, sans ami. Comme si elle se cachait. Comme si un secret indicible la traquait…

Extrait :
Au moment du meurtre, tous les journaux en avaient parlé pendant des mois. Des dizaines d'articles avaient analysé l'affaire sous tous les angles. Les événements de ce jour terrible à Berwick Waters. Le contexte. Les familles des enfants. Les rapports scolaires. Les réactions des habitants. Les lois concernant les enfants meurtriers. Alice Tully n'avait rien lu à l'époque. Elle était trop jeune. Cependant, depuis six mois, elle ne laissait passer aucun article, et la question sous-jacente restait la même : comment une petite fille de dix ans pouvait-elle tuer un autre enfant ?

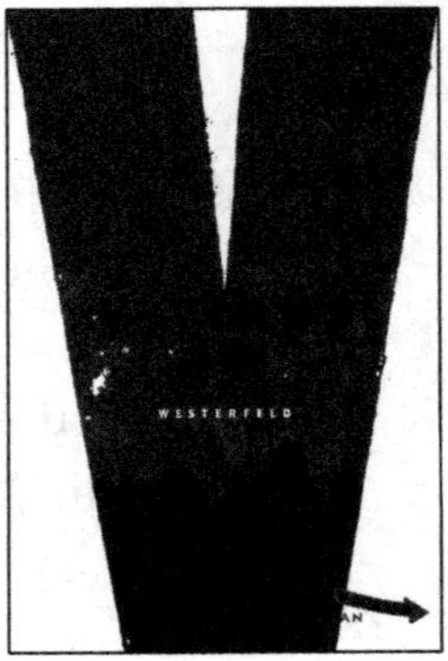

V-Virus
de Scott Westerfeld

Traduit de l'anglais
par Guillaume Fournier

Avant de rencontrer Morgane, Cal était un étudiant new-yorkais tout à fait ordinaire. Il aimait la fête et les bars, la vie insouciante du campus. Il aura suffi d'une seule nuit d'amour, la première, pour que sa vie bascule. Désormais, Cal est porteur sain d'une étrange maladie. Ceux qui en sont atteints ne supportent plus la lumière du jour, fuient ceux qu'ils ont aimés et ont une fâcheuse tendance à se repaître de sang humain. Des vampires d'un genre nouveau…

Extrait :
Morgane vida son verre, je vidai le mien ; nous en vidâmes quelques autres. Ensuite, mes souvenirs deviennent de plus en plus flous. Je me rappelle seulement qu'elle avait un chat, une télé à écran plat et des draps de satin noir. Par la suite, tout ce qu'il me restait de ma soirée, c'était une assurance nouvelle auprès des femmes, des superpouvoirs qui commençaient à se manifester, ainsi qu'un penchant pour la viande saignante…

11h47 Bus 9 pour Jérusalem

de Pnina Moed Kass

Traduit de l'anglais
par Alice Marchand

Le hasard. C'est le hasard qui les réunit, dans le même bus, à la même heure. Quelque part entre un aéroport et Jérusalem. Des voyageurs de passage, et un poseur de bombe. Chacun a son histoire, qui l'a conduit à cet endroit. À cette heure-là, à cette minute-là.

Achevé d'imprimer en France par France Quercy, à Mercuès
Dépôt légal : 3e trimestre 2007
N° d'impression : 72047/b